「釆女」(P.28) の釆女の衣装

「卯の花月夜」(P.33) の卯の花

「うはぎ」(P.38) のヨメナ

『万葉の植物』うはぎのページと出席票（文学部）

「思ひ草」(P.46) のナンバンギセル

「かざし（挿頭）」(P.65)

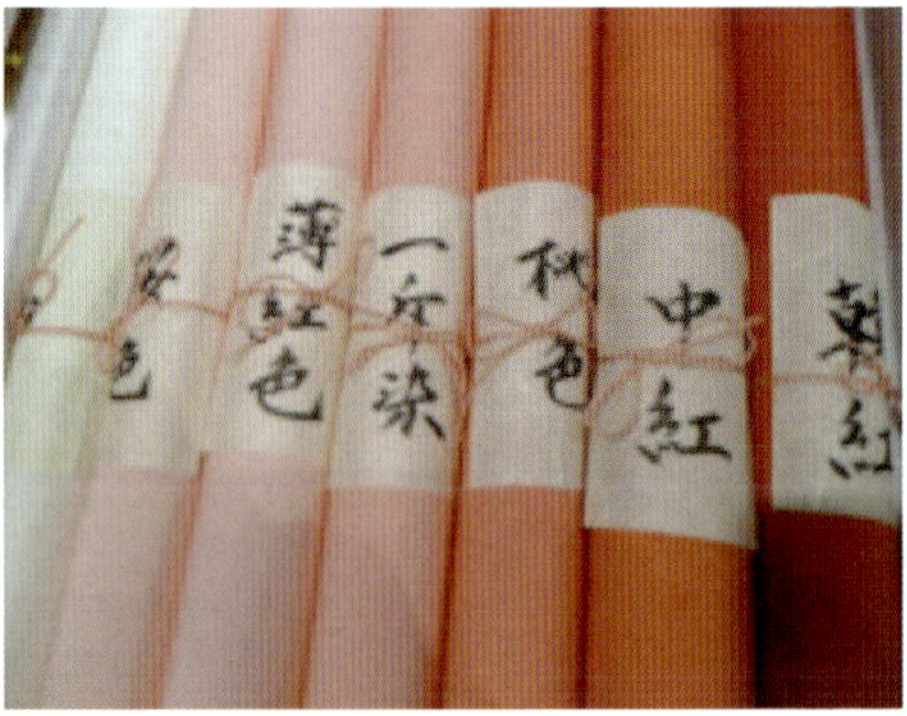

「紅にほふ」(P.70) の紅花と紅花染の色

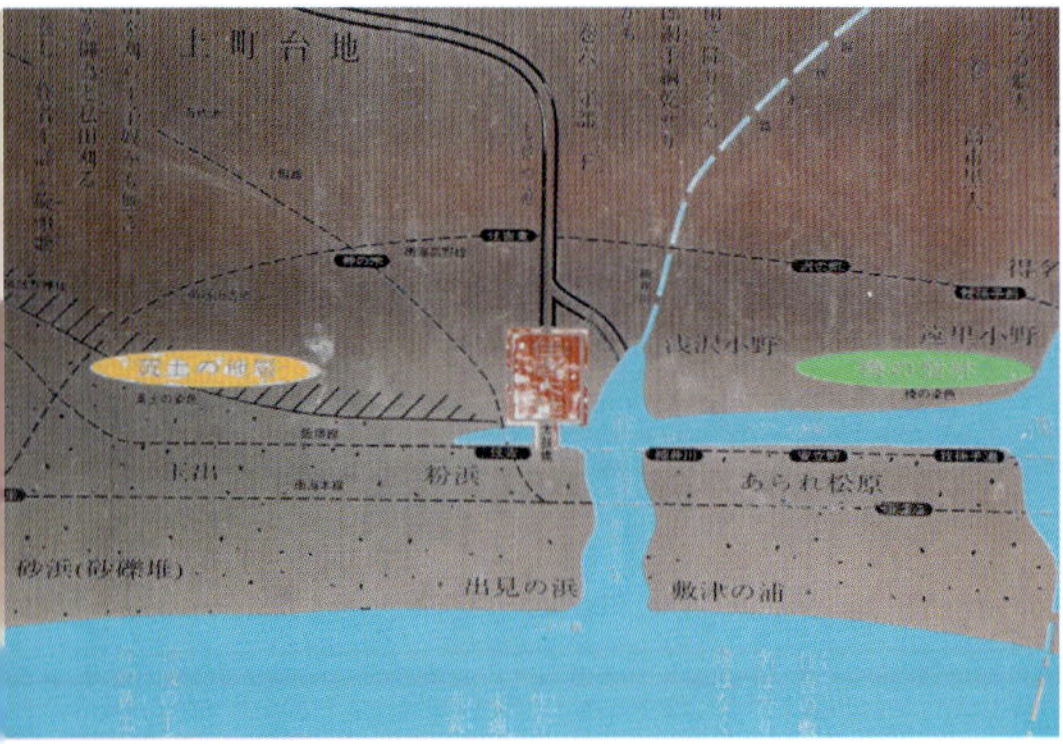

「恋忘貝」(P.87) と「黄土 (はにふ)」(P.160) の住吉の浜 (万葉集の時代) と
榛 (はしばみ) 色

「消残る (けのこる)」(P.75) の
ヤブコウジ

「立ちよそひたる」(P.97) の山吹

「散らまく惜しも」(P.122) の長屋王の共結来縁。

「つるはみ」(P.133) のクヌギの葉と実

「年深み (P.143)」の富士山
(赤人が 「富士の高嶺に雪はふりける」と
詠った場所とほぼ同じと言われています)

「黄土 (はにふ)」(P.160) の黄土色
(左の人物の衣装の色)

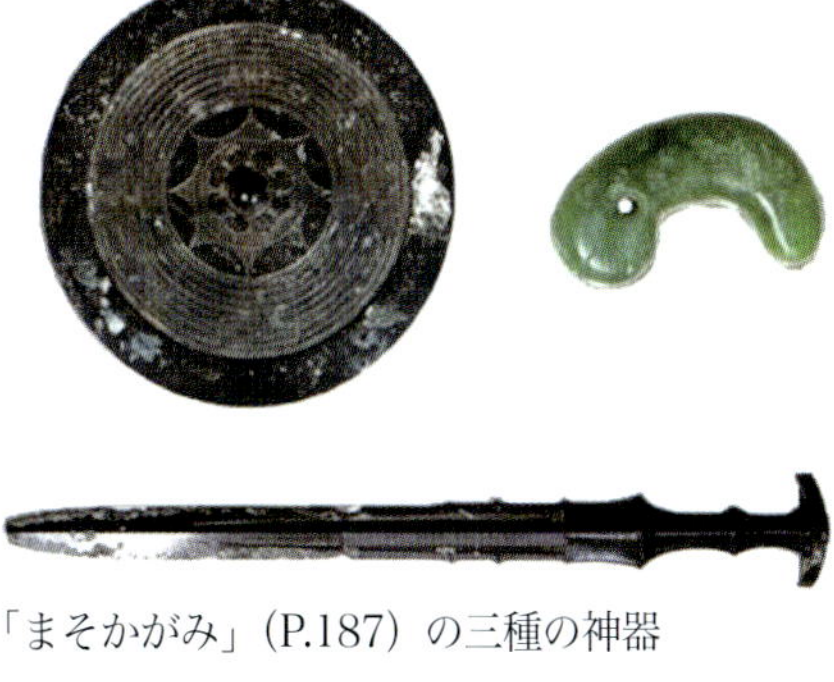

「まそかがみ」(P.187) の三種の神器

「海松 (みる)」(P.199) の海松柄の棗

「あいざいやゆうと万葉集を楽しむ会」の資料、記念品、着物

葛」の資料（2012.9～10）

「椿」（2012. 2 湯河原）椿のハンドクリームの包装のひもは五色の椿（游の手作り）

ヤマブキ」（2012.3~4）
吹味噌と山吹色のたわし

「アジサイ」（2012. 5~6）金平糖とトンボ玉（4つの花弁）

「麻」(2014.7~8) と「ヤドリギ」(201311~12)　麻柄のマスキングテープとサンダルソープ

椿」　着物は椿の小紋柄、
は遠州椿

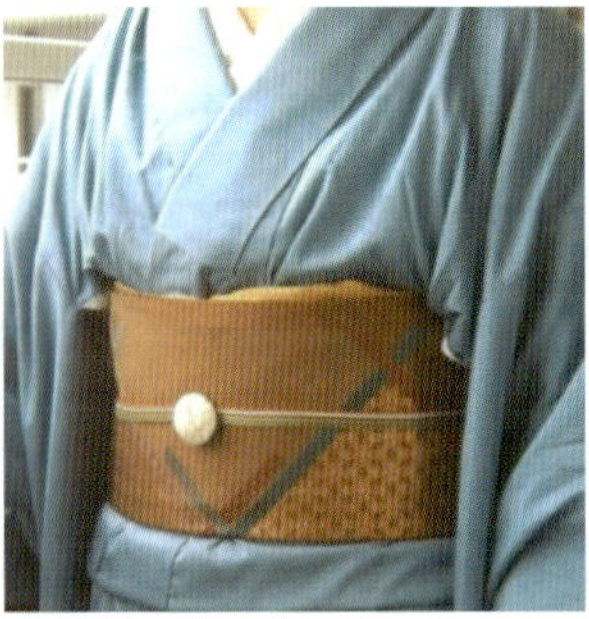

「葛」　帯は (葛飾) 北斎小紋、帯留は葛布

「藤」　着物は藤色（伝統色）、帯は藤柄

恋忘貝

万葉ことば巡り

吾意在野　游

・目 次・

はじめに

『万葉集』の原文は漢字で書かれています。それを「万葉仮名」と言いますが、その漢字を訓読したものが、現在、『万葉集』として知られているものです。訓読は一筋縄ではいかないので、『万葉集』成立後一〇〇〇年たってやっと解読されたものがあります。また、いまだに解読されていないものもあります。そんなこともあるからでしょうか、『万葉集』は難しいと言う人がいますが、ある万葉仮名を見ると驚くと同時に笑い出すかもしれません。また、当時の歴史や文化、慣習などが織りこまれている歌が多いので、長くつきあっているととても楽しい文学だということがわかります。

それでも『万葉集』は約四五〇〇首もあり、最初から最後まで鑑賞しようとすると、相当な勇気と忍耐と時間が必要です。そこまではという人のために、『万葉集』らしい言葉を集めて、楽しんでいただけるようにしたのが本書です。言葉に注目したのは幼少のころから人一倍、言葉が好きだったことがあります。わたしは八歳まで関西弁（播州弁）を話していましたが、母の実家の岡山弁、その後、移り住んだ京都、北海道の言葉も次の日には話していたようで、新しい言葉を覚えるのは大きな喜びでした。

新しい言葉が大量にわたしを襲ってきて、わくわくどきどきしたのは『百人一首』に出会った小学校六年生の時でした。中学生になって、『万葉集』に出会い、同時に習い始めた英語も新鮮でした。大学生になり、同好会で『万葉集』を「花」に焦点をあてて、ひもといていきましたが、これは『万葉集』の楽しみ方としては最高でした。そして、言葉好きはさらに進み、「心惹かれる言葉」を集めるようになりました。

それは日本語だけではなく、ドイツへ留学しているときはドイツ語でした。ドイツ語で「言葉は文化の担い手である」という表現がありますが、まさに言葉は文化であり、心惹かれたドイツ語はドイツ人の性格そのものだと感動しました。留学中は日本語から離れていましたが、帰国後は日本語らしい言葉に敏感になりました。そうなると、『万葉集』の中の言葉がいくつも心に浮かんできたのです。

せっかくドイツでドイツ史を学んだので、大学院へと勧められましたが、一般企業で働き続け六〇歳で仕事を辞めました。最後の三〇年位は外資の会社でしたので、英語、ドイツ語、日本語の言葉の違い、つまりは文化の違い（ビジネスの違い）で難儀しました。それでも、それぞれの心惹かれる言葉を大切にしてきました。その後、縁あって、「万葉集を楽しむ会」※を開くことになり、心惹かれる言葉に浸りながら、みなさんに『万葉集』を楽しんでいただいています。

もっと多くの方に『万葉集』の楽しさを知っていただきたいと思うようになった折に、出版のお話をいただきました。心惹かれる言葉（『万葉集』らしい言葉）を「万葉ことば」と表現し、「万葉ことば」を通して『万葉集』をご紹介することにいたしました。結果として、有名な歌や代表的な歌が抜けているかもしれませんし、全二〇巻ある『万葉集』を順番に選ぶことはしなかったので偏りがあるはずです。最終的にどの巻の歌が多いのか、作者は誰なのか、どんな傾向になるのか、実はわたし自身も楽しみなのです。その意を酌んでおつきあいいただければうれしいです。

わたしは単なる「万葉集大好き人《まんようしゅうだいすびと》」です。『万葉集』の本はたくさん読んでいますが、細かい研究や調査はしていません。本書を書くにあたり、歴史学で言う「史料批判」はしておらず、一次史料（?）は言葉好きの感性と経験です。『万葉集』の解釈は私見と言うか、私感ですので、あらかじめご了解をいただければありがたいです。

本書では訓読、原文、仮名、意味、そして、本文という順番にしています。本文は「万葉集を楽しむ会」でみなさんにお話しているような口調で書いていますので、理解しやすいと思います。もちろん、少し難しい内容もありますが、雑談もはさんでいますので、気楽に読んでいただけると思います。そのため、本文を先に読んでくださって、後で訓読、意味などをご覧いただいてもかまいません。

原文ですが、原文は『万葉集』の「命」であり、解読の苦労や歌人の性格、歌本来の香りや雰囲気などを感じることができます。理解しようとせずに眺めて、予想してみてください。意味は一般に訳されているものを参考にしていますが、あくまでも「私訳」です。

「万葉集を楽しむ会」には古文は嫌いだった、『万葉集』の「ま」の字も知らないと言って参加される方がいます。終わった後、『万葉集』って「面白いですね」「楽しかったです」「もっと早く先生のお話を聞けば、『万葉集』が好きになれたのに」と言ってくださるので、喜びを深くしております。本書を読んで「面白かった」、「楽しめました」「早く読みたかった」「『万葉集』が好きになった」と、そんな感想をいただければこの上ない喜びです。

★★★ 「万葉集を楽しむ会」で説明した内容がほとんど含まれているもの
★☆☆ 一部は「万葉集を楽しむ会」で説明した内容が含まれているもの
☆☆☆ 「万葉集を楽しむ会」ではまだ、説明していないもの。または、今後も扱う可能性が低いもの

※ 正式名は「あいざいやゆうと万葉集を楽しむ会」。本文では文脈により、「万葉集を楽しむ会」、または「あいざいやゆうと万葉集を楽しむ会」と表記していますが同じ会です。

暁露

あかときつゆ

我が背子を大和へ遣ると　さ夜更けて　暁露に我れ立ち濡れし

（原文）我勢枯乎 倭邊遣登 佐夜深而 鶏鳴露尓 吾立所霑之

（仮名）わがせこを やまとへやると さよふけて あかときつゆに われたちぬれし

大伯皇女《おおくのひめみこ》

〇二／〇一〇五

（意味）弟を大和へ帰そうとして、（見送りながら佇んでいると）夜が更けて明け方の露に濡れてしまいました。

『万葉集』にはその歌が作られた事情などを記す題詞《だいし》がある歌が多いのですが、この歌には次のような題詞があります。

藤原宮御宇天皇〈代〉［天皇諡曰持統天皇元年丁亥十一年譲位軽太子尊号曰太上天皇也］
／大津皇子竊下於伊勢神宮上来時大伯皇女御作歌二首

藤原宮に御宇天皇の代《みよ》　天皇、諡《おくりなし》して曰はく持統天皇。元年丁亥、十一年に位を軽太子に譲りたまへり。尊号を曰はく太上天皇なり。大津皇子の竊《ひそ》かに伊勢の神宮に下りて上り来まし時に大伯皇女の御《かた》りて作《つく》らしし歌二首

もし、この題詞がなかったならば、冒頭の歌は「恋の歌」だと思ってしまいます。大和へ帰って行く恋人に別れを惜しんでいる女性の姿が浮かびます。でも、この歌は違うのです。姉が弟を思い詠った歌なのです。しかも、単なる姉、弟の立場ではないのです。その事情を知ったとき、これほどまでに悲しい美しい歌があったのかと、心が締めつけられて涙が出そうになりました。何か尊い愛という感じがします。それでは歴史の中に埋もれてしまった二人の姉弟のことを説明いたします。

作者の大伯皇女《おおくのひめみこ》は天武天皇の娘で母は天智天皇の娘である大田皇女《おおたのひめみこ》です。大伯皇女の弟が大津皇子《おおつのみこ》です。大田皇女の妹（同じく天智天皇の娘）が鸕野讃良皇女《うのさららのひめみこ》で天武天皇の后になっ

た、後の持統天皇です。鸕野讃良皇女の息子が草壁皇子《くさかべのみこ》です。

ちょっとややこしいですが、整理すると大伯皇女と大津皇子の母親が大田皇女で、草壁皇子の母親が鸕野讃良皇女で、母親同士は姉妹でどちらも（後の）天武天皇の子を産んだと言う事になります。当時は母親が違えば兄妹、姉弟でも結婚できましたし、地位の高い人は同じような地位の人がいないので、甥や姪との結婚もよくありました。

さて、姉妹で天武天皇に嫁いだのですが、大伯皇女と大津皇子の母親の大田皇女は若くして亡くなり、姉弟は天智天皇（祖父であり、伯父）に引き取られます。大伯皇女七歳、大津皇子五歳だったと言われています。

そして、歴史は動き、天智天皇が崩御し、壬申の乱（六七二）が起こり、天武天皇が即位します。鸕野讃良皇女が皇后になり、息子である草壁皇子が皇太子になります。大津皇子の母の方が年上ですが、その母が亡くなっていたこと、天智天皇に引き取られたことなどを勘案すると、皇位継承は当然、草壁皇子になります。この二人の皇子は政治だけではなく、恋のライバルでもありました。そして、朱鳥《あけみとり》元年（六八六）九月九日に天武天皇が崩御します。

朱鳥は久しぶりの元号でしたが、一年で終わりました。

大津皇子の立場が一転します。謀反の疑いをかけられ、命が危ないと感じた大津皇子は大和（奈良）から、姉の大伯皇女に会いに伊勢に下りました（当時は伊勢に下ると言いました）。大伯皇女は弟の悲運を感じながらも、どうすることもできず、また、弟は姉に会って、自らの最後を迎える覚悟を決めたことでしょう。大和へ帰った大津皇子は一〇月二日に謀反が発覚したとして逮捕され、翌日には死を命じられています。天武天皇が崩御して一ヶ月もたっていない時のできごとです。

ところで、姉の大伯皇女はなぜ伊勢にいたのかということなのですが、大伯皇女は一三歳（大津皇子一一歳）のときに斎宮《さいくう》（伊勢神宮に巫女として奉仕した未婚の内親王または女王）に任命されて、伊勢（斎宮）にいたからなのです。死を予感した大津皇子は最後に姉に会って、何を語ったのでしょうか。一三年ぶりの再会を秘密裏に果たした後、大津皇子は大和へ帰ります。別れのときに大伯皇女が作った歌がこの「暁露」の歌とされています。

暁露《あかときつゆ》とは明け方の露と訳されていますが、もう少し早い時間の露のことのようです。原文の「鷄鳴」は「一番鶏が鳴く」意から「あかとき」を表わすのに用いられた義訓字で、夜明け前の未だ暗い頃をさすと見られます。

大伯皇女は去って行く、弟の姿を暗くなり、夜が明けるころまでずっと見つめ続けていたから、露に濡れてしまったという意味になります。実際は斎宮である大伯皇女がその立場から言っても、建物から出て弟の姿をずっと見送っていたということはありえないと思いますが、大津皇子が去って行った方向を何時間も思いを込めて見つめ続けていた姿が想像できるのです。

大伯皇女は弟と一緒に過ごした子供のころのこと、母を亡くしたころのことを思い出し、また、自分が大和を去って、弟のそばにいてやれなかったことなどを後悔しながら、悲しい運命を嘆いていたことでしょう。もし、母の大田皇女が生きていれば鸕野讃良皇女を押さえて、天武天皇の皇后になったはずですし、弟の大津皇子は皇太子になったはずです。その弟が殺され、自分一人が未婚のまま、残されることになるのです。

この「暁露」というのが、この複雑でせつない悲しさの象徴となっています。露は涙を連想させます。大粒の涙ではなく、運命に逆らえないことを知っているからこそ、にじみ出る涙です。

『万葉集』では暁は「あかとき」と読みますが、「あかつき」よりも悲しい音の響きがしませんか。平安時代になると今と同じように「あかつき」と読むようになりますが、この読み方ひとつで、明るさが違ってくるように感じるのはわたしだけでしょうか。「あかつき」は夜が明けたばかりという感じで、希望があるようなイメージがありますね。「あかとき」はまだ暗い闇の中で、夜が明けるのを待っているという感じです。「本当に明るくなるのでしょうか」というような不安感を感じさせる響きです。

二四歳の若さで闇に葬られた大津皇子は風格もよく、言語明朗、漢詩文を好むなど学問好きで、文筆にも優れ、武芸を好み、謙虚で信望が厚かったと、『日本書紀』や『懐風藻』（最古の日本漢詩集）に記されています。「謙虚で信望が厚かった」からこそ、皇太子の草壁皇子を擁護する立場の人達から妬まれ、殺されたのでしょう。歴史は惜しい人材を平気で抹殺します。でも、『万葉集』はそんな大津皇子を姉の大伯皇女によって見事に蘇らせます。

その大伯皇女は大津皇子が自害させられた後、斎宮の任を解かれて奈良へ帰ってきます。その後、四一歳まで独身で過ごしたようです。斎宮を退いた皇女は地位的にも、年齢的にも結婚することが難しかったこともありますが、弟のことを思いながら、静かに残りの人生を送ったことでしょう。

大津皇子のライバルだった異母兄弟の草壁皇子は天武天皇が崩御した三年後に亡くなります。その草壁皇子の第一皇子が軽皇子《かるのみこ》です。父の草壁皇子は天皇になっていないので、軽王《かるのおう》と呼ぶべきなのですが、そこは祖母の持統天皇が皇子としてしまいます。軽皇子は一五歳で文武天皇《もんむてんのう》として即位します。文武天皇の第一皇子が後の聖武天皇ですが、文武天皇崩御のとき、わずか七歳でしたので、中継ぎとして即位したのが、女帝の元明天皇と元正天皇です。このように天武天皇と持統天皇の子、孫へと皇位が引き継がれます。

『万葉集』は文学ではありますが、歴史の副読本のような意味合いもあります。歴史の教科書には出てこない歴史がたくさん隠れていて、それが、『万葉集』の魅力のひとつでもあります。この本では「歴史も添えて」みたいと思います。

☆☆☆

鯨魚とり　いさなとり

鯨魚取り　海や死にする　山や死にする　死ぬれこそ
海は潮干て　山は枯れすれ

（原文）鯨魚取海哉死為流　山哉死為流　死許曽　海者潮干而　山者枯為礼
一六／三八五二　作者未詳

（仮名）いさなとり　うみやしにする　やまやしにする　しぬれこそ
うみはしほひて　やまはかれすれ

（意味）海は死にますか。山は死にますか。海も山も死ぬのです。死ぬからこそ海は潮が干いて山は枯れるのです。

さだまさしの『防人の詩《さきもりうた》』をご存知の方は多いと思います。映画『二百三高地』の主題歌になったものですが、あとから加えられた四番を聞いたことがありますでしょうか。『万葉集』の歌に曲をつけるとこんな感じになるのかなあと思いながら聞きました。わたしは『万葉集』の歌に勝手に節をつけて歌ったりすることもありますが、あくまでも、「本人限」で留めています。

おしえてください
この世に生きとし生けるものの
すべての生命に限りがあるのならば
海は死にますか　山は死にますか
春は死にますか　秋は死にますか
愛は死にますか　心は死にますか
私の大切な故郷もみんな　逝ってしまいますか

海は死にますか　山は死にますか
春は死にますか　秋は死にますか

愛は死にますか　心は死にますか
私の大切な故郷もみんな　逝ってしまいますか

この歌詞は「おしえてください」とさだまさしらしい声で入りますが、「海は死にますか山は死にますか」という所は『万葉集』なのです。実際、三八五二の『万葉集』を基に作られたと書いてあります。それにしても、この「海は死にますか」「山は死にますか」と音にして聞くとどきっとしますね。現在のわたしたちがこんな言葉にぶち当たると、これは反戦歌だとか、環境汚染や地球破壊に警鐘を鳴らす歌だとか言ってしまいますね。

ところが、わたしがこの歌に出会ったとき、原文に「死」と言う字が三つも入っていて、流や枯という漢字もありますが、それほどの悲壮感は感じませんでした。それには理由があります。さだまさしの歌には答えがないのですが、『万葉集』では答えがあるのです。即、「はい、死にますよ」と言ってのけているのです。海を見てごらんなさい。潮が干いて行くでしょう。山を見てごらんなさい。木々が枯れていくでしょう。その後は書いてありませんが、「でも、海や山は再生するんですよ」と続くのが容易に想像できるからです。

海や山は死んでしまって無くなってしまうわけではないのです。万葉の人達にとって、海や山は神様だったので、死んでも再生して戻ってくるとわかっていたのです。

わたしたちの時代は海や山に対する気持がもう万葉の時代と大きく異なってきています。環境破壊や地球汚染を食い止めることができなければ、本当に海や山は死んでしまうでしょう。再生することはできなくなると思います。今はもう海や山は神様ではないからです。

ところで、最初の句の「鯨魚《いさな》とり」ですが、これは海や淡海、近江に対する枕詞《まくらことば》です。だから、訳しません。鯨魚ですが、『万葉集』では鯨名、不知魚などと書かれていて、一二首の歌があります。鯨のことですが、厳密な意味でのクジラではなく、おそらくクジラ目すべてを含んでいたと思われます。イルカも当然、鯨魚だったでしょう。

『万葉集』では「鯨魚」は枕詞にしか使われていませんが、実際にどのように「鯨魚」と関わっていたかはわかりません。でも、縄文時代の遺跡からイルカの骨が出土しており、弥生時代から捕鯨が行われていたので、『万葉集』に「鯨魚とり」が出てくるのは頷けます。

「鯨魚」の魚は「な」と読みますが、魚と言う字は訓読みで「さかな」と「うお」と二つありますね。酒の肴《さかな》に用いられた魚や野菜すべてを「な」と言ったのですが、酒《さけ》の「な」が「さかな」になったのです。その意味では、魚も菜も昔は「な」と読んでいました。現在、岩魚《いわな》、鮎魚女《あいなめ》のように魚を「な」と読むのは、何の不思議もありません。

最後にもうひとつ。この歌は旋頭歌《せどうか》です。五、七、七、五、七、七で、三八文字となります。短歌より七文字多いだけで、これだけの迫力の歌になります。短歌ではこの迫力は出せません。そんな旋頭歌は時代がくだると消えてしまいます。冒頭の鯨魚取りの歌は貴重な旋頭歌の歌であり、自然と人間との関係を考えさせてくれる歌です。大切に味わっていただければうれしいです。

☆☆☆

牛窓　うしまど

牛窓の波の潮騒島響み　寄そりし君は逢はずかもあらむ

（原文）牛窓之 浪乃塩左猪 嶋響 所依之〈君〉不相鴨将有

（仮名）うしまどの なみのしほさゐ しまとよみ よそりしきみは あはずかもあらむ

一一／二七三一　作者未詳

（意味）牛窓の波の潮騒が島を響かせるように、（私との）噂がたっていたあの人は私に逢いに来てはくださらないのでしょうか。

岡山県和気郡三国村から山を二つ超えて、兵庫県赤穂郡旭日村へ母は嫁いで来ました。嫁ぎ先の舅は母と同じ村から婿入りをしていたのです。二つの村は昔から、嫁や婿に行ったり、もらったりしていたようです。後で聞いたのですが、曾祖父も母と同郷で婿に来たとのことでした。そうすると、わたしには岡山県人の血が八分の七も流れていることになります。岡山県を訪れると、たとえ、初めての町でもなんとなく親しみを感じるのです。

岡山県の「牛窓《うしまど》」は瀬戸内海に面しています。小豆島まで一二・六キロ、オリーブの生産高は小豆島に次いで二位、日本のエーゲ海とも呼ばれている景勝地なので、山の中にある母の里とはまったく違うのですが、「牛窓」へ初めて行ったとき、いつか来たことがあるような何とも懐かしい気持になりました。

「牛窓」という名前は神功皇后の三韓征伐に遡ります。往路で塵輪鬼《じんりんき》（頭が八つの大牛怪物）に襲われて、弓で射殺しました。ところが、皇后が新羅からの帰途、成仏出来なかった塵輪鬼が牛鬼になって再度来襲したのです。住吉明神が牛鬼の角をつかんで投げ倒したので、牛は転《まろ》び、牛転《うしまろび》が訛って「牛窓」になったと『播磨風土記』は伝えています。この牛鬼が滅びた後に、頭は黄島、胴体の前は前島、胴体の後ろは青島、お尻の部分は黒島に化けたと言われています。これらは牛窓の南に位置する島々です。

また、牛窓は『万葉集』の登場人物の生まれた場所でもあります。二〇〇四年までは邑久郡《おくぐん》（おおくぐん）牛窓でした。古くは大伯郡とも書いていました。ここで、気がつかれたでしょうか。初章の「暁露」の作者、大伯皇女《おおくのひめみこ》の生誕地なのです。斉明天皇七年（六六一）、百済王朝再建のために、天皇を始め、中大兄皇子、大海人皇子、大田皇女、額田王、中臣鎌足などが一月六日に難波の津を出て、二日後の八日に大伯の海にたどりついたとき、大田皇女が女を産んだと『日本書紀』に書かれています。それで「おおく」と名付けられました。父親は大海人皇子です。

この六六一年の七月一四日に斉明天皇は朝倉橘広庭宮《あさくらたちばなのひろにわのみや》（福岡県朝倉市）で崩御、六六三年の白村江《はくすきのえ》の戦いへと歴史は動きます。これは倭国（まだ、日本とは称していない）・百済連合軍と唐・新羅軍の戦いでした。皇太子であった中大兄皇子は天皇に即位せず、ここで倭国軍の指揮をとります。六六三年に大伯皇女の弟が娜大津《なのおおつ》（福岡市博多区）で生まれています。それが「暁露」でお話した大津皇子です。

この戦いは惨敗でした。中大兄皇子は国防策を取ることにして、水城《みずき》や防人《さきもり》を設置して、都を近江大津に移しました。六六八年一月三日にやっと天智天皇として即位します。この年の五月五日に蒲生野で薬狩があり、宴会の席で交わされたのが、あまりにも有名な額田王の「あかねさす〜」と大海人皇子の「むらさきの〜」の歌です。こんな風に『万葉集』は歴史と密接に結びついていますので、『万葉集』は古代史が好きな人には特にお勧めです。

さて、冒頭の歌ですが、大伯の海は潮流が早かったのでしょうか。島を響かせるような波がたっていたのですから。島響《しまとよ》みと言う言葉は斬新ですね。山が動くとか、海が鳴るとか言いますが、島が響くというのがわたしは好きです。響《とよ》みの「とよ」は擬音だとのことですが、「とよ」と島が響くと想像すると楽しいですね。

「寄そりし」の「寄そり」は関係があると言われたり、異性との噂をたてられると言う意味です。島が響くような噂をたてられたあの人が自分に会いに来てくれないかしら、来てほしいと望んでいる女性の気持を詠っています。この歌では噂は肯定的な意味を持っていて、噂がもっと広まって既成事実になったらいいなというように現代感覚で理解できます。人が噂をすることを「人言《ひとごと》」と言いましたが、『万葉集』では「人言」を恐れている歌がたくさん読まれています。噂が恋を壊す、恋を邪魔すると恐れ、危惧する歌が多いのです。

牛窓にはホテルリマーニがあり、「日本のエーゲ海牛窓に建つ白亜のリゾートホテル」と言われています。ここのレストランで瀬戸内海の島々を眺めながらケーキを食べました。穏やかな瀬戸内海でしたので、「島響み」はありませんでしたが、はるか斉明天皇の時代の船旅の途中に生まれた大伯皇女と弟の大津皇子のことに思いを乗せるには十分の海でした。

母の里の和気郡三国村は吉永町になり、さらに合併されて、現在は備前市になっています。それはまだ、諦めがつきますが、牛窓が瀬戸内市になり、邑久郡が消えたのは諦めきれません。かろうじて、隣の町が同じ瀬戸内市にはなりましたが、邑久（邑久町）の名を残してくれています。ここで画家の竹久夢二が生まれています。「秋の海」と言う女性の絵がありますが、背景に海が描かれています。それを見たとき、島はないのに「島響み」の海と「島響み」の女性だと直感的に感じたのです。夢二の海は瀬戸内海のはずですから。

牛窓へ行ったとき、いつか来たことがあるような何とも懐かしい気持になったのは、岡山県人の血だけではなく、『万葉集』の血が反応したからにちがいありません。

☆☆☆

追記：

この章はタイトルを「牛窓」にするか「島響み」にするか、「邑久」にするか迷ったのですが、「牛窓」にしました。その理由は「牛窓」は「う」で、「暁露」の「あ」に一番近かったからです。大伯皇女の記憶が新しいときに読んでいただければ、読者のみならず、大伯皇女にも喜んでもらえそうだと思ったからです。

采女　うねめ

采女の袖吹きかへす明日香風　都を遠みいたづらに吹く

（原文）婇女乃 袖吹反 明日香風 京都乎遠見 無用尓布久

（仮名）うねめのそでふきかへす　あすかかぜ　みやこをとほみいたづらにふく

〇一／〇〇五一　志貴皇子《しきのみこ》

（意味）飛鳥の古都に立ってみれば　華やかな采女の袖をひるがえしていた明日香風は都が藤原《ふじわら》の宮《みや》に遷ってしまった今、ただただ空しく吹きぬけるだけ。

『万葉集』をひもとくと、たくさんの皇子が歌を残していることに気がつきます。有馬皇子、高市皇子、草壁皇子、大津皇子、舎人皇子（舎人親王）、弓削皇子、穂積皇子などがいますね。『万葉集』の歌からその皇子の人柄を想像することができますが、文献ではどう書かれているか調べたくなります。その中でも志貴皇子については興味が尽きません。それはこの皇子の歌の感性にすっかり魅せられてしまったからで、どこからその感性が来たのかしらと、どうしても知りたくなったからです。

この歌の題詞です。「明日香の宮より藤原の宮に遷居せし後に、志貴皇子の作らす歌」とあります。藤原京遷都は持統天皇八年（六九四）です。

従明日香宮遷居藤原宮之後志貴皇子御作歌

魅せられたのは采女の衣装の美しさに加えて、采女の袖や裾を翻す風の動きです。後ろ向きの采女と「いたづらに吹く」風。明日香を臨みながら、郷愁に浸っている采女の気持までが伝わって来ます。むなしさの中に采女の姿から優雅さも感じられます。何かを言っているような気がして、耳をそば立ててしまいます。視覚、聴覚、触覚で感じる歌です。たった三一文字でこんなにも想像の広がりと深みを持たせ、五感に訴えてくるなんて……と、短歌の力に圧倒されてどきどきしたのを覚えています。

その「采女」ってどんな女性のことなんでしょうか。天皇や皇后のそばで食事など身の回りの雑事を専門に行う女官のことです。飛鳥時代には地方の豪族が娘を天皇家に献上する習慣がありました。一種の人質ですね。豪族が服属したことを示したものと考える説が有力です。でも、中には天皇の子を産んだり、出世をしたものもいました。実は志貴皇子は天智天皇と采女の越道君伊羅都売《こしのみちのきみのいらつめ》の間に生まれたのです。同じく、天智天皇と采女の伊賀宅子娘《いがのやかこのいらつめ》の間に大友皇子が生まれています。

采女献上の条件がありまして、①一三歳以上三〇歳以下（一旦廃止され復活した嵯峨天皇時代規定では一六歳以上二〇歳以下）②出身は郡少領以上の姉妹か娘であること、③容姿を厳選すること。面貌端麗、形容温雅でした。ですから、志貴皇子の母親はそのような条件を満たしていただけではなく、天智天皇に気に入られたということになります。

さて、采女を母に持った志貴皇子ですが、天智天皇の第七皇子とされています。壬申の乱の後、天武天皇は六人の皇子（草壁皇子、大津皇子、高市皇子、忍壁皇子、川島皇子、志貴皇子）を吉野に集め草壁皇子が次期天皇であると宣言しました。吉野《よしの》の盟約《めいやく》（六七九年）です。記録上、ここで初めて志貴皇子が登場します。天武天皇の世になってから志貴皇子は天智天皇の息子なので皇位継承からはずれることになり、逆に命を脅かされることもなく、歌の世界に浸れたのかもしれません。

天武天皇の後、持統、文武、元明、元正、聖武、孝謙、淳仁、称徳と天武系の天皇が続きますが、その次に天皇になったのは志貴皇子の息子の白壁王なのです。六二歳で即位した白壁王（光仁天皇）は八歳で父を亡くしたので、志貴皇子は息子が天皇になるなんてことは、予想だにしなかったことでしょう。皇位に一切執着せず清らかな人生を終えた志貴皇子が「春日宮御宇天皇《かすがのみやにあめのしたしろしめすすめらみこと》」と追尊されます。ここで、天皇は天智系に戻り、その系統が現在まで続いています。歴史のうねりは回り回って戻って来るということなのでしょうか。

こんな生き方（死後も含めて）をした志貴皇子を知った上で冒頭の歌に戻ってみると、この采女は母親のイメージにちがいないと直感しました。采女の条件の「面貌端麗」、「形容温雅」というのは、外見だけではなく、内面的なことも大事だったということですし、志貴皇子は天智天皇よりも、そんな采女の母親の血を強く引き継いだように感じるのです。つまり、彼の感性は采女の母親からもらったものだったのではないかと。

ここで、志貴皇子のもうひとつの歌をご紹介します。そうです。志貴皇子と言えば、ワラビの歌に触れずに終わるわけには行きませんよね。『万葉集』の大歌人と言われる人麻呂や赤人、憶良、家持などの歌を差し置いて、この歌が一番好きだと言う人が大勢いるのです。

石走る垂水の上のさわらびの　萌え出づる春になりにけるかも　〇八／一四一八

（意味）岩を流れる滝のほとりのワラビが芽を出してくる春になったんですね。

春の訪れを喜ぶ何げない歌に見えますが、この歌を声に出して読むと、水が流れているような音が感じられるのです。ぜひ、声に出して読んで、音を確かめてください。「の」「の」「の」と「の」が三回続き、軽やかにリズミカルに滝の下のワラビにピシャピシャと水がかかっている様子が目に浮かびます。そして、その滝の縦に流れる水の清純さとくるくると丸い頭を持ったワラビの萌黄色の躍動感。時々、その水しぶきが、ワラビだけではなく、この歌を鑑賞している人にもかかってくるような気がします。少し冷たいけど、春の水です。やさしい春の光も入ってきます。ああ、待ち望んでいた春はこんな風にやってくるのです。

このような志貴皇子の感性は他にはどこを探しても見つけられません。

★★★

卯の花月夜

うのはなづくよ

五月山卯の花月夜　霍公鳥　聞けども飽かず　また鳴かぬかも

（原文）五月山 宇能花月夜 霍公鳥 雖聞不飽 又鳴鴨
（仮名）さつきやま うのはなづくよ ほととぎす きけどもあかず またかぬかも
一〇／一九五三　作者未詳
（意味）五月の山を月が照らし、卯の花が白く浮かぶ夜。ホトトギスの声が聞こえてきた。いくら聞いても飽きない。また鳴いてくれないかなあ。

この歌はわたしの大好きな歌のひとつです。卯《う》の花月夜《はなづくよ》という言葉がいかにも『万葉集』らしい。月夜は「つくよ」と読みます。平安時代の中ごろから「つきよ」と読むようになり現在に至っています。その「つく」がかろうじて残っているのは夕月夜《ゆうづくよ》と月読《つくよみ》でしょうか。

『万葉集』は詠んだ歌を漢字を利用して書きとめたものなので、「字」よりも「音」が大事なのです。漢字は便宜的なものと言って良いでしょう。ここで、「つくよ」と「つきよ」を比べてみましょう。「つくよ」はぼんやりと穏やかな月の夜という感じがします。「つきよ」と言うと「き」の音の「きっぱり」とした力強さ、明確さ、さらに言うと欠点がないような厳格さがありますね。「つきよ」と言うと秋の月ですね。卯の花のころの月は雨も多いし、曇りの中でぼわっと浮かぶ月の感じです。だから「つくよ」がふさわしい、と言うより「つくよ」でないとこの歌の良さは半減してしまいます。

それを前提にこの歌に戻ってみましょう。そのぼんやりとやさしい月光が卯の花を白く浮き立たせている、そんな夜のことです。それだけで美しい情景です。そんな夜にホトトギスの声が聞こえて来ました。ホトトギスの姿は見えませんが、「ああ、夏が来たな」と目と耳で感じます。卯の花は夏を告げる花ですし、ホトトギスは夏を告げる鳥です。ああ、いいなと思っていたら、あれ、鳴き声が止んでしまった。ホトトギスの声は何度聞いても飽きない。もう一度鳴いてくれないかなあという感じの歌です。作者未詳の歌でこんな感性に訴える歌が『万葉集』の中にあることを知った大学生の時、「日本人に生まれて良かった」と思うと同時に、定年後は『万葉集』を楽しみたいと強く思ったものです。

なぜ、「定年後に」と思ったかと言うと、大学を卒業したら一般企業で働き始め、定年まで仕事をしていたいと決めていたからです。女性が一般企業で定年まで働くことは生半可な気持ちでは実現できないという時代でしたので、大切なものを「おあずけ」にして働こうと覚悟ができていました。『万葉集』はその「おあずけ」のひとつだったのです。

ところで、卯の花ですが、植物学名は「ウツギ」です。茎が空洞になっているところから「空木」と呼ばれています。白い五弁の花を咲かせます。この茎は強くて腐りにくいので、総桐タンスを作る時の木釘《きくぎ》に使われたりします。わたしは桐タンスはたくさん持っていますが、残念ながら「空木」が使われている総桐タンスはありません。

「卯の花」と言えば、佐佐木信綱作詞、小山作之助作曲の唱歌『夏は来ぬ』を思い浮かべる人が多いと思います。「卯の花のにおう垣根」は「卯の花の白色が美しい垣根」ということです。基本的に卯の花は香りません。

この歌にもある垣根ですが、すでに万葉の時代から卯の花は垣根に植えられていました。今では花が散った後の始末が大変だからでしょうか、垣根の卯の花は見なくなりました。でも、横浜でも散歩をしていると卯の花があちこちで咲いているのに出会います。「雪見草」という別名があるように満開のときなどは「雪」が積もっているように見えます。

卯の花が咲くと田植えをする時期になったということなので、卯の花を「田植花」とか「早乙女」と呼ぶ地方もあります。おからの「卯の花」は「空木」の「空」と色が白いことで「卯の花」と名付けられたそうです。「○○ウツギ」と名のつく植物はたくさんありますが、万葉の時代から親しまれた「卯の花」は上に何もつかない白い「ウツギ」を指します。

せっかくですので、ホトトギスのことに少し触れたいと思います。今ではホトトギスを見たとか、鳴き声を聞いたと言う人は少ないですね。また、他の鳥（特に鶯）の巣の卵を落として、自分の卵を置いて、育てさせると言う「托卵《たくらん》」という習性を知ると「育児放棄のひどい鳥」となってしまっています。でも、万葉の時代から鎌倉時代、おそらく明治時代までホトトギスは大人気でした。

万葉の時代にすでに托卵について知られていましたが、夏を告げる鳥として、田植えを告げる鳥として大事な鳥だったのです。「田植鳥」とも言われています。ちなみにホトトギスの漢字は二四以上あります。『万葉集』では「霍公鳥」「霍公」ですが、平安時代以降、時鳥、杜鵑、子規、不如帰、鵑、郭公、などが使われています。

最後にもう一度、この歌を音だけで鑑賞してみましょう。わたしは好きな歌はすべて暗記して楽しんでいましたが、ある日、気がついたことがあります。

さつきやまぅのはなづくよ ほととぎす きけどもあかず またなかぬかも

「うのはなづくよ」のところです。原文は月夜という漢字を使っていますが、わたしには「卯の花の色に色づく」というように響いて来たのです。五月の山が卯の花の輝くような白い色に染まるという光景が浮かんできたのです。これはうれしい発見でした。そして、ますます、この歌が好きになりました。

★★★

うはぎ

妻もあらば摘みて食げまし　沙弥の山　野の上のうはぎ過ぎにけらずや

柿本人麻呂《かきのもとのひとまろ》

（〇二／〇二二一）

（原文）妻毛有者 採而多宜麻之〈作〉美乃山 野上乃宇波疑 過去計良受也

（仮名）つまもあらば つみてたげまし さみのやま ののへのうはぎ すぎにけらずや

（意味）もし妻といっしょだったらうはぎを摘んで食べただろうに。沙弥《さみ》の野にうはぎが空しく伸びてしまっています。

柿本人麻呂は『万葉集』を代表する歌人であるだけではなく、『万葉集』に一大金字塔をうちたてた歌人であると言われています。また、山部赤人とともに歌聖と呼ばれ、大伴家持も憧れた「山柿の門」の一人です。柿本人麻呂については万葉学者、研究者だけではなく、多くの『万葉集』好きがあらゆる角度から彼に焦点をあてて、彼の偉大さを述べたてています。それらを読んでいて、途中で本を置きたくなることがあります。あまりにも人麻呂は別格、歌の神様だとか言われ、先入観から入っている人が多いように感じるからです。

わたしは決して、彼の偉大さを否定するものではありませんが、あるときから、人麻呂賛歌のものを読むのをやめることにしました。人麻呂の歌そのものを自分の気持で素直に感じてみたいと思ったからです。ですから、ここでは自分が感じた人麻呂をお話ししたいと思っています。結果的に多くの人達と同じような評価、感想に達するかもしれませんが……。

『万葉集』には長歌一九首・短歌七五首が掲載されていますが、『万葉集』の中で、柿本人麻呂の歌はどれが好きですか」と聞かれたとき、とっさに、答えられなかったのです。短歌ではほとんど、心惹かれる歌がないからです。短歌ですぐに思い出すのは『百人一首』の「あしびきの山鳥の尾のしだり尾の　ながながし夜をひとりかも寝む」ですが、「あしびきの」が山の枕詞になっていますねということで、どうってことはない歌ですねと言ってしまいそうです。困りました。もちろん、もう少し時間をもらえれば、短歌でも「ヒノキ」の歌、

「挿頭《かざし》」（Ｐ６５）も好きですし、「敏馬《みぬめ》の浦」の歌もいいですねと言えるのですが。

人麻呂の歌は長歌が好きです。朗々と語りかけるような言葉が続き、おなじみの枕言葉が多く利用され、形式的な表現も多く、中国の七言律詩のような重厚で堅苦しさがあります。それが歌の格調を高くしていると思います。挽歌においても、格調は高く、言葉の選び方も相当なものです。でも、草壁皇子《くさかべのみこ》、明日香皇女《あすかのひめみこ》については、作られたことが歌から感じられます。一流の詠い手ならそれを感じさせてはだめだと思います。高市皇子の挽歌は個人的交流があったのではと思わせるもので、人情味を感じて好きです。

人麻呂は大伴旅人や家持と違って、位が低く、地方でもせいぜい、舎人か国司だったと言われています。謎の多い人ですが、持統、文武天皇に使え、天皇付きの歌人だったことはよく知られています。仕事柄とは言え、人麻呂にとって、あまり気の乗らない歌も詠わざるをえなかったはずです。長歌を得意としているのは、音とリズムの良さで情感がなくても大きな遜色はないので、その気乗りがしないのをごまかせたのかもしれません。

そんな中でわたしが感動した長歌があります。それは狭岑《さみね》の島で、行き倒れになった死者に対して詠っている挽歌です。題詞から石《いわ》の中に死んでいたことがわかります。

題詞：讃岐の狭岑島に石《いわ》の中に死《みまか》れる人を視て柿本朝臣人麿の作れる歌一首并て短歌

長歌は「玉藻よし 讃岐の国は 国からか 見れども飽かぬ 神からか ここだ貴き〜」で始まりますが、国からか、神からかと、この口調の良さがすぐに気に入りました。前半はこの島の美しさを高らかに詠い、読者を心地よくさせます。この時代、旅の途中の道々や土地にはその場所に居ついた神や精霊がいると深く信じられていました。そのため、旅人は訪れた土地を褒め讃える歌を詠むことで、その土地の神の加護を得て、旅の無事を祈りました。

この「土地褒め」に続く後半はがらっと変わり、そこに横たわっている死者のことに移り、緊張感の中で、「待ちか恋ふらむ はしき妻らは」で終わるのですが、思わず、「う〜ん。うま〜〜い」とうなってしまいました。

この長歌、本当は全文をご紹介したいのですが、とにかく長いので、意味だけにさせていただきます。興味のある人はぜひひぜひ、訓読と原文にあたってください。すばらしいです。

（意味）玉のような藻の美しい讃岐の国は国の由来ゆえか見ても飽きないことだ。神々しいゆえかなんとも貴いことだ。天地、月日とともに満ちて行くだろう神の御顔として今日まで語り継いで来た。中の港から船を浮かべてわたしが漕いで来れば潮時の風が空に吹き、沖を見れば大波が立ち、岸を見れば白波が騒いでいる。鯨さえ捕れるような海を恐れて行く船の梶を止め、あちこちに島は多いけれど、名も美しい狭岑の島の荒磯に仮庵を建てて見れば、浪の音も激しい浜辺を敷栲の枕として荒れ岩を寝床に倒れているあなた。あなたの家を知っているなら行ってこのことを知らせるのだが、あなたの妻が知ればやってきて言葉も掛けるのだろうが、美しい鉾を立てるような道も知らないので、鬱々と待ち恋ているのだろう、あなたの愛しき妻は。

〇二／二二〇　柿本人麻呂《かきのもとのひとまろ》

なぜ、岩に死体があったのかわかりませんが、おそらく水死体として打ち上げられたのでしょう。それをみて、「あなたの家を知っているのなら行ってこのことを知らせるのだが」から最後まで、人麻呂の深い悲しみと、その妻への優しい心遣いが感じられます。人麻呂が見ていたのは死者だったのですが、すでにその死者の妻の嘆きに移り、待ち焦がれているだろう、その愛しい妻は」で終わるのです。このようなことは将来、十分に自分にも起こることだと自分の姿と、妻を重ねあわせたのです。人間、人麻呂が登場してきます。

この歌に反歌として、短歌が二首ついていますが、そのひとつが冒頭の二二一の歌です。

ところで、わたしは大学の同好会（次の章「思い草」で詳しくお話しします）で『万葉集』で詠われている花（植物）に焦点をあてて、『万葉集』を研究し、楽しんでいたのですが、その時の教科書は『万葉の植物』（松田修著）でした。保育社のカラーブックス、昭和四一年四月一日発行、価格は二三〇円で、表紙には馬酔木の写真が載っています。

中には当時書いたメモや、奈良の「萬葉植物園」のしおりや、「いちいがし」や「やどりぎ」の葉っぱなどが押し葉になったまま入っています。一番、懐かしいのは文学部の「出席票」です。はさんであると言うことは、この本を毎日、持ち歩いていたということです。

一四ページ目が「うはぎ」です。「うはぎ」ってなんや、そこで止まりました。現代名は「ヨメナ」だと知ったのですが、「うはぎ」と言うその不思議な音が心から離れなくなりました。

ヨメナは春の摘み草の代表で、秋には一重の菊のような可憐な花を咲かせます。妻がいたら「うはぎ」（の若菜）を摘んで食べさせてくれるのに、妻がいないので「うはぎ」はむなしく伸びてしまっていると詠っているのです。さらに、死者のそばで高く伸びている「うはぎ」は死者への同情を増幅させたことでしょう。この「うはぎ」はむやみに成長して高くなっていると想像できます。「ヨメナ」は「嫁菜」と書きます。名前の由来は諸説ありますが、この歌から来たと言う説をたてたいです。

せっかくですので、もうひとつの反歌（短歌）も付け加えておきます。

沖つ波来寄る荒礒を敷栲の　枕とまきて寝せる君かも　〇二／二二二

（意味）沖からの波が打ち寄せる荒礒を寝床として寝ているあなたです

長歌と短歌二首で崇高に仕上げられた「さみじま挽歌」（勝手に名付け）は人麻呂の歌の才能が十二分に発揮されているだけではなく、人間としての人麻呂をも映し出し、最高のアンサンブルになっています。かねがね、なぜ、長歌に反歌がいるのかしら、あまり効果的ではないのにと思ったこともありますが、この挽歌で「長歌、反歌だからこそ、歌が生きる」と再認識しました。

この挽歌がなければ、わたしにとって、人麻呂はきわめて優れた「歌詠い」、「言葉使い」であるだけで終わったかもしれません。歌や言葉はどんなに優れていても作者の心が見えないと味気ないものに成り果てます。歌や言葉は受信して初めて良し悪しが決まるのです。

この「さみじま挽歌」と「うはぎ」の反歌は重過ぎて受け取るのが苦しくなるぐらい、どっしりと心に響きました。秋になると「過ぎにけらずや」の「うはぎ」はあちこちにあり、そのたびに「さみじま挽歌」を思い出したものですが、最近はあまり「うはぎ」を見なくなりました。さみしいことです。

★★★

思ひ草　おもいぐさ

道の辺の尾花が下の思ひ草　今さらさらに何をか思はむ

（原文）道邊之　乎花我下之　思草　今更尓　何物可将念

一〇／二二七〇　作者未詳

（意味）道端の尾花のもとに咲いている思い草のように、今さら、何を思い悩むでしょうか。（あなたのことだけを思っています）

小学校のころから文章を書くのが好きでしたので、高校生になったとき、文芸部に入りました。高校三年生の時の同窓会があった時に、卒業アルバムを持って来てくれた人がいたのですが、ちゃんと文芸部員の写真に載っていました。最後まで文芸部に籍をおいていたようです。

大学では文芸部、ＥＳＳ、演劇部のどれかに入ろうと決めていましたが、そのどれにも入らず、「自然愛好会」という同好会に入ってしまいました。しかも、二年生の秋には退会しました。一年半ぐらいの活動でしたが、わたしの生き方に大きな影響を与えてくれた貴重な時間でした。

その「自然愛好会」に入ったのは「植物パート・万葉の植物班」と言うのがあったからです。小学六年生のころからの『百人一首』、中学生、高校生の時からは『万葉集』が面白くなって来て、「もっと、楽しみたい」と思っていたからでしょう。導かれるように万葉の植物班の一員となりました。

一番の魅力は『万葉集』を植物（花）に焦点を当てて研究し、楽しむと言うものでした。わたしはギリシャ史が勉強したかったので史学科に入学し、西洋史を専攻しました（最終的にはドイツ史に変えました）。だから、同好会で好きな花と共に『万葉集』を楽しめるというのはこの上もない絶好のチャンスだったわけです。

この万葉の植物班は年間テーマを決めていたのです。「赤人の自然観」というのが最初の年のテーマだったように記憶していますが、座学よりも実際に『万葉集』に出て来る植物（花）を見て、詠われた歌を鑑賞することを大事にしていました。

幸いにも大学の裏は甲山《かぶとやま》という山で、そこにはほとんどの万葉の植物を見つけることができました。『万葉集』に出て来る植物を便宜的に「万葉の植物」と言わせてもらいますが、それは数え方で違ってきますが、一五五種としておきましょう。詠われた季節や場所が違いますので、短期間でたくさんの万葉の植物には出会えないのです。甲山で見つけて感動した万葉の植物がありますが、ここでは京都府立植物園で出会った「感動の花」をご紹介します。

導入部分だけでほとんど二ページを割いてしまいましたが、この経緯がなければこの歌や花はわたしの元にはやって来なかったと思います。そして、花から入る「あいざいやゆうと万葉集を楽しむ会」を開くこともなく、この本も出版できなかったでしょう。

「思ひ草《おもいぐさ》」の話に入ります。『万葉集』では思い草は一首しか読まれていません。しかも作者未詳です。「思い草」で詠われている思いは素朴で一途で、愛する人の気持をつゆにも疑わない、けなげな乙女心です。悩み苦しんで、相手を疑ったり、または嫉妬をしたりして、心の置きどころがなくて苦しんでいる恋と比べて、なんと清らかなのでしょうか。いっぺんに「思い草」が好きになりました。

でも、厄介な問題が出てきました。その「思い草」がススキなどに寄生するナンバンギセルだと言うのです。最初は「まさか」、次に「でも、ありうる」、そして、「咲き方で違うのかも」と、さんざん悩みました。悩み始めると、この一途な歌が色あせてくるのです。正直、「困ったな」でした。寄生植物のナンバンギセルが「いまさら何を思う事がありましょう。あなたのことだけを思っています」という歌を作らせることができるのだろうかと疑ったのです。「寄生植物なんて、悪いやつなんですよ」と。

その年の秋に「万葉の植物班」で京都府立植物園へ行きました。「ナンバンギセル」と書いてあったのを見つけ、しゃがみこんでススキの根本の方をかき分けました。どきっとしました。そこにはピンクでそそとした、可憐な花が咲いていたのです。まさに思い草だったのです。疑いもなく、その風情はこの歌そのものだったのです。わたしは時が止まったかのようにその場に留まっていました。ようやく立ち上がったときに秋風が頬をなでました。そうしたら、「**道の辺の尾花がもとの思い草　いまさらになどものか思はむ**」が口に出てきたのです。一九六七（昭和四二）年一〇月一四日、「思い草」と出会った、忘れられない日です。

ここで、この歌が冒頭でご紹介している歌と少し違う事に気がつかれた方がいると思います。『万葉集』は漢字で書かれていますので、訓読がいろいろあります。『万葉集』の本を読んでいると「わたしが覚えたのと違う」というのが結構ありますので、あまり気にしないで好きな方で鑑賞してもらえればいいいとお勧めしています。

ナンバンギセルと万葉植物園の関係でとてもうれしいお話があります。奈良の春日大社萬葉植物園（春日大社神苑［万葉の園］）がありますね。一九三二年に五年の歳月をかけて作られたのですが、第二次大戦後荒廃しました。再生のためにナンバンギセルの種子を集めて、万葉の名花「思い草」をお分けしますと広報したところ、一日一人だった入園者が年間一三万人になったのです。思い草は「万葉植物園の顔」、「福の神」となったのです。

たった一首詠われているだけの思い草ですが、後世に与えた影響は大きく、たくさんの歌人が思い草を詠っています。時代が下ると恋に悩んでいる思い草になってきます。

くれはつる尾花がもとの思ひ草　はかなの野辺の露のよすがや

藤原俊成女（俊成卿女集）

（意味）すっかり暮れ果てた野辺の尾花のもとに咲いている思い草は、はかない露が身を寄せるよすがであることよ。

露に涙を暗示し、夕暮に恋人を待ち侘びて物思いに耽る我が身を「思ひ草」になぞらえています。この歌では「くれはつる」が好きなのですが、やはり、思い草は悩まずにあなたのことだけを思っていますというのがいいですね。

いくら齢を重ねても「今さらさらに何をか思はむ」と言ってみたいものです。

★★★

櫂の散り

かいのちり

このタ　降りくる雨は　彦星の早漕ぐ舟の櫂の散りかも

（原文）此タ 零来雨者 男星之 早滂船之 賀伊乃散鴨

（仮名）このゆふへ ふりくるあめは ひこほしの はやこぐふねの かいのちりかも

一〇／二〇五二　作者未詳

（意味）この夕べに降る雨は彦星が急いで漕いでいる舟の櫂のしずくなのだろうか。

『万葉集』に七夕の歌は一三〇首以上もあり、特に巻一〇では秋雑歌《あきのぞうか》の中に九八首（一九九六―二〇九三）七夕の歌が収められています。冒頭の歌もそのひとつです。七夕の歌を見てみると、「天の川」や「舟（船）」が詠われているのが六〇首近くあります。それに「彦星」や

「織女」「橋」などを入れると、それらの言葉で出き上がっている歌が多いのです。それなのに、よくもこれだけ違う歌を作ることができたものだと感心してしまいます。しかも、作者未詳の歌がほとんどです。

旧暦の七月七日に牽牛《けんぎゅう》と織女《しょくじょ》の二つの星が年に一度しか逢うことを許されないという星伝説は奈良時代に中国から伝わってきたものです。これに対して、日本では棚機女《たなばたつめ》の伝説がありました。棚機女は「棚造りの小屋」にこもって神聖な布を織る女性のことで、その小屋は「布を織る間だけ借りる家」でした。出き上がった布は豊作を祈るために神様に捧げられたと言います。

年に一度会えるという伝説から発展して、裁縫が上達するように祈る祭り「乞巧奠《きっこうでん》」が中国で生まれ、日本でも奈良時代以降、宮中で年中行事として行われてきました。庭に蓮を敷き、その上に山海の産物とともにとヒサギ（赤芽柏）の葉に五色の糸を通した七本の針を刺して供え、琴や香炉を飾り、天皇が牽牛、織女の二つの星を眺めたり、詩歌管弦の遊びをしたのです。五色の短冊に願いを込めると言う現在の七夕はここから来ています。

また、日本ではこの日は古くは「祖霊を祭る」、盂蘭盆《うらぼん》の日でもありました。ということで、日本の七夕は盂蘭盆＋中国の七夕・乞巧奠＋棚機女が融合したものなのです。どの要素が強く残っているかは地域によって違ってきます。今でも盂蘭盆会を七月七日に行う地方もあるそうです。

五節句のひとつである七夕は旧暦の七月七日の夕方になるので、七夕と書き、「しちせき」と読みますが、これを「たなばた」と読むのは棚機女《たなばたつめ》の方から来ています。そして、重要なことは旧暦の七月は秋の始まりであり、七月七日には確実に「七日月《なのかづき》」が宵の空にあるということです。その上弦の月を万葉の人達は舟（船）に見立てて詠ったのです。

さて、『万葉集』ですが、冒頭の歌は数ある七夕の歌の中でわたしが一番好きな歌です。何と言っても「早漕ぐ舟」がすばらしい。一年に一回しか会えないその日、はやる心を櫂に託して一生懸命、舟を漕いでいる彦星の様子をこんな言葉で表現できるなんて、ため息が出ました。さらに、地上に雨が降っている、その雨粒は舟の櫂の雫だと言うのです。「散り」はここでは名詞で散ること、散るものの意味です。早漕ぐ舟ですから、雫よりしぶきの方がふさわしいように思います。

七夕の日、天の川をはさんで、わし座のアルタイルと琴座のヴェガがよく見える時は、「あのふたつの星が会えるなんて、そんなの現実にはありえないもんね。何光年も離れているのに」とまったくロマンがない目で眺めたりしました。でも、雨が降って何も見えない時は逆に「年に一回しか会えないのに、雨で会えなくてかわいそう」と同情したりしたのです。子供のころの話です。

この二〇五二の『万葉集』の歌を知るようになってからは、雨の日は必死で舟を漕いでいる彦星を想像するようになりました。「がんばって」と応援している自分を見つけて、苦笑いをしたことがあります。雨の日は彦星が必死で舟を漕いで会いに来てくれるので、織女はうれしさが募り、心待ちにしていたことでしょう。それに、地上からの好奇の目で見られずに会うことができるのです。ひょっとしたら、雨の方が好都合だったかもしれません。

ところで、雨が降ったら、天の川が増水して、橋を渡れなくなるので、かささぎが羽を広げて橋を作ったという話が中国にありますが、万葉の時代にはそれは知られていなかったようです。『万葉集』では、ひたすら彦星が舟を漕いで織女に会いに行くのです。かささぎは登場しません。日本では、織女は今か今かと彦星が会いに来てくれるのを待ち望んでいるのです。まさにそれは当時の男女の逢瀬のあり方だったのでしょうね。七夕の歌はほとんどが恋の歌です。

二番目に好きな七夕の歌は柿本人麻呂の歌です。

天の川　楫《かぢ》の音聞こゆ　彦星と織女《たなばたつめ》と　今夜《こよひ》逢ふらしも　一〇／二〇二九

（意味）天の川にかじの音が聞こえます。彦星と織女は今夜逢うようです。

この歌は言葉に流れがあって、すぐに覚えてしまいました。一気に「天の川楫の音聞こゆ」と詠ったあとで、彦星がリズミカルに舟を漕いでいる音が聞こえてきます。二〇五二の歌と違って、彦星は冷静に舟を漕いでいるようです。必ず、織女のところへ到達して、二人は会えるだろうと想像できます。気負いがなく、さらっと詠ったような歌ですが、「舟」と言う言葉を使わずに、楫の音で舟を漕いでいる彦星をありありと浮かび上がらせるところは、さすが柿本人麻呂だとうならせます。

また、この歌の原文は驚くほど字数が少ない万葉仮名です。一四字で済ましています。こんなに短いのは珍しいです。

天漢 梶音聞 孫星 与織女 今夕相霜

次に来る七月七日（旧暦）に左のような「七日月」を見つけてください。それが天の川を渡る舟です。そして、その舟を漕いでいる彦星を想像してみてください。すっかり万葉人になれると思います。

☆☆☆

七日月

かけまくも

大君の 命畏み さし並ぶ 国に出でます はしきやし 我が背の君を かけまくも
ゆゆし畏し 住吉の 現人神 船舳に ぅしはきたまひ 着きたまはむ 島の崎々
寄りたまはむ 磯の崎々 荒き波 風にあはせず 障みなく 病あらせず 速けく
帰したまはね もとの国辺に

（原文）王命恐見刺〈並〉國尓出座〈愛〉耶 吾背乃公〈矣〉繫巻裳湯々石恐石 住吉乃
荒人神〈船〉舳尓 牛吐賜 付賜将 嶋之〈埼〉前 依賜将礒乃埼前 荒浪 風尓不
〈令〉遇〈莫〉管見 身疾不有 急 令變賜根 本國部尓

（仮名）おほきみの みことかしこみ さしならぶ　くににいでます はしきやし わがせのき

みを　かけまくも　ゆゆしかしこし　すみのえの　あらひあとがみ　ふなのへに
うしはきたまひ　つきたまはむ　しまのさきざき　よりたまはむ　いそのさきざき
あらきなみかぜにはせず　つつみなく　やまひあらせず　すむやけく　かへしたまはね
もとのくにへに

六／一〇二〇、一〇二一　作者未詳

（意味）勅命をかしこんで承り、私の愛しい夫が海を隔てて並んでいる国（土佐）に配流されます。言葉にして申すのも憚《はばか》られ恐れ多いことでありますが、人となって姿を現し給う住吉の神様。どうか船の舳先《へさき》に鎮座され、わが夫をお守り下さい。これからの船旅で到着する島々、寄航する崎々で荒波にも暴風にも遭遇せず、また不測の事故や病気にもなることがないように。そして、一日も早くこの国へお帰えし下さいませ。

題詞：石上乙麻呂卿配土佐國之時歌三首［并短歌］
（意味）石上乙麻呂が土佐国に配されし時に作る歌三首ならびに短歌

この歌は『万葉集』を知る上でいろいろと面白い（？）ことが含まれています。まず、お気づきと思いますが、歌は一首しかないのに、六／一〇二一、一〇二二と二つの番号がついていることです。ここで、『万葉集』の伝本について、お話しておきたいと思います。

当然のことながら、『万葉集』の原本は残っておりません。写本をすることによって残したのです。写本は多数あったようですが、一方、散逸してしまっている部分もあったのです。だから、それを整理する必要がありました。鎌倉時代の天台宗の僧である、仙覚《せんがく》が諸写本を校合して定本を作り、注釈を加えた、本格的な『万葉集』の註釈本『萬葉集註釈』を完成させました（一二六九）。いわゆる『仙覚本』と言われるものです。

それ以後、『万葉集』の研究は『仙覚本』が底本、本流となり、江戸時代の契沖、荷田春満、賀茂真淵、鹿持雅澄の研究へと引き継がれていきます。仙覚は『万葉集』が今日に伝えられることになった最大の功労者であり、万葉研究者である佐佐木信綱も仙覚の仕事がなければ、『万葉集』の全体像は今日に伝来することはなかっただろうと述べています。仙覚は『万葉集』を愛するものとして、忘れることのできない人物です。

一方、現在、『万葉集』の注釈で基本とされているのは『国歌大観』です。これは『万葉集』他、和歌の集大成なのですが、一九〇一年から一九〇三年にかけて、松下大三郎、渡辺文雄が編集したもの（正編）で、その後、続編が一九二五、一九二六年に出ています。現在、わたしたちが目にする『万葉集』はこの『仙覚本』と『国歌大観』を参考にして、研究され、論議され、註釈されたものです。

伝本の説明が長くなりましたが、冒頭の歌は『仙覚本』では最初の「**大君の 命畏み さし並ぶ 国に出でます はしきやし 我が背の君を**」を独立した短歌としています。『国歌大観』もそれに従っていますが、現代の注釈者はこれをひとつの歌とみなしています。それで、一〇二〇、一〇二一となっているわけです。逆に言えば、この歌に二つの番号が載せられていたおかげでわたしは「仙覚」のことを知ったのです。古典文学を伝えるということはこのような人がいないとなしえないものだと知ると感慨深いものがあります。

この歌は題詞にあるように、石上乙麻呂《いそのかみのおとまろ》が土佐国に流されるとき（七三九年）に詠った歌ということになっています。罪状は不倫で相手の女性は藤原宇合《ふじわらのうまかい》の未亡人、久米連若売《くめむらじのわかめ》です。彼女の方は下総の国に流されます。不倫と言っても、宇合の死後一年半経過しており、本来ならば罪に問われるはずがないものですが、生前から噂があり、何かと世間を騒がせていたのかもしれません。名門貴族であり、人望ある乙麻呂の失脚を図ったという陰謀説もあります。

作者ですが、内容から見て相手の女性の若売だと思ってしまうのですが、そうだと納得できるのですが、彼女は下総に流された状況なので無理なような気もします。乙麻呂の近親者か、彼の流罪に同情した人が作ったのでしょうか、いずれにしろ、「作者未詳」になっているのが、不思議であり、面白い（？）ところです。

さらにこの歌は後半の「かけまくも」から最後までが巻一九に出て来る入唐使に贈る歌（四二四五）に非常によく似ています。ほとんど同じと言っていいぐらいです。

海の広さや航海の長さは違いますが、どちらも、住吉の神に航海の安全を祈っています。また、住吉は大社の前から遣唐使船などが出港し、人々が往来する国際港のようなにぎわいをみせていたところです。「黄土《はにふ》」（Ｐ１６０）でも触れます。乙麻呂のためでなくても、土佐に限定せずとも、当てはまる歌のように思えます。

かけまくの　ゆゆし畏き　住吉の　我が大御神　船の舳に　領きいまし　船艫に　み立たしまして　さし寄らむ　礒の崎々　漕ぎ泊てむ　泊り泊りに　荒き風　波にあはせず　平けく　率て帰りませも　との朝廷に

「かけまくも」ですが、「心に掛(か)けて思うこと」「口にすること」という意味です。この言葉は『万葉集』で知ったのですが、出雲大社に行ったときに、御祓いが始まり、いきなり「かけまくも〜〜」が耳に入り、びっくりしました。「かけまくもが今も残っている」と満足感に浸っているうちに「かしこみかしこみもうさく」で、終わってしまいました。神社での祝詞でも「かけまくも」はよく聞かれます。「言葉にして申すのも恐れ多いことでありますが」と言いながら、言葉にしてお願いしないとだめってことですよね。みなさんも願い事は「かけまくもゆゆしかしこし」と言って、しっかり口に出してくださいね。

また、お祓いや祝詞を聞いていると、『万葉集』はこんな感じで口に出して詠われていたにちがいないと納得したのです。そこで、口調をまねして、『万葉集』を読んでみると相当いい感じです。みなさんも試してみてください。

こんな風にいろいろな広がりを提供してくれるので、この歌はわたしにとって、重宝しているありがたい歌です。

ところで、その後、石上乙麻呂と久米連若売はどうなったかと言いますと、二人とも許されて都に戻ります。乙麻呂は再び、出世の道をたどり、若売も昇進します。二人の関係がどうなったかは知られていません。石上乙麻呂の歌は『万葉集』に六首収録されていますが、最古の日本漢詩集である『懐風藻』の中で、配流された土佐で、友を思う悲しみや愛人を思う切なさを詠っています。『懐風藻』は乙麻呂の歌を意識して編集されたという説もあり、乙麻呂については興味が尽きません。

☆☆☆

かざし　挿頭

いにしへにありけむ人も我がごとか　三輪の桧原にかざし折りけむ

（原文）古尓 有險人母　如吾等架　弥和乃桧原尓　挿頭折兼
（仮名）いにしへに ありけむひとも　わがごとか みわのひはらに かざしをりけむ
○七／一一一八　柿本人麻呂
（意味）昔の人も私たちのように三輪の桧原《ひはら》で、小枝を折って髪に挿《さ》したことでしょうか。

柿本人麻呂のヒノキの歌です。何気ない歌ですが、懐かしいヒノキの香りが漂ってくるようで好きな歌です。ヒノキは日本原産の針葉樹で、『古事記』、『日本書紀』に登場します。

木目が通り緻密で色合い、香気、光沢に富み加工後の外観も美しい日本人にとって大切にしたい木です。仏像でも位が高いお寺で安置されている如来像によく使われています。

三輪の桧原《ひばら》は奈良県三輪地方の桧《ひのき》の生えている原のことで、櫻井市に桧原神社があります。訪れた時、秋の終わりだったこともあり、他に誰もおらず、桧原神社の境内の静謐さの中に佇んでいると、まるで一三〇〇年以上の時を超えて人麻呂の時代に戻ったような気持になりました。

挿頭《かざし》という言葉ですが、木の枝や花を折り取って髪に挿すことと説明されています。当時の正装は束帯《そくたい》で必ず冠をしていたのですが、それに挿していたのです。奈良時代では様々な花や木が挿頭に使われました。『万葉集』でも、梅、柳、なでしこ、山吹、そして黄葉が挿頭と共に出て来ます。端午の節句ではショウブ（花菖蒲ではありません）を挿頭にして宮中に参賀することになっていました。萩の「挿頭」では、『万葉集』の最後から二番目の歌があります。

秋風の末吹き靡く萩の花　ともにかざさず相か別れむ　　二〇／四五一五　大伴家持

（意味）秋風に吹きなびいている萩の花を共に挿頭すことなく別れてゆくのですね。

題詞は「**七月五日於〈治〉部少輔大原今城真人宅餞因幡守大伴宿祢家持宴歌一首**」となっています。大伴家持は天平宝字二年（七五八）の六月一六日に因幡守に任命されます。七月五日に送別会が開かれた時の歌です。「萩をかざすことなく」八月には因幡の国(鳥取県東部)へ赴いたのです。

「あいざいやゆうと万葉集を楽しむ会」で、挿頭の話をしたときに、参加者の方から「当時は男の人もおしゃれだったんですね」と言われましたが、そうではないのです。ヒノキなどの常緑樹の枝を挿頭にするのは樹木の聖霊の力、エネルギーを自分の身につけるためだったのです。それは木だけではなく花も同じ役割を果たしました。わたしは香道をたしなんでいますが､香りは心身を健康に保つのに大きな効果があります。香木はその最たるものですが、挿頭はまさにそんな効果もあったはずです。

『万葉集』の中には「ほよ（ヤドリギのこと）」を挿頭にするという歌がありますが、西洋でもヤドリギは聖なる植物となっていますね。人間と植物の関係ですが、当時は対等というより、人間より植物の方が上だったのです。山や野にある植物には霊が宿っているわけですから、非常に身近でありながらも畏怖の心をもって接していたのでしょう。『万葉集』では植物を詠った歌がたくさんあるのはそういう理由があるのです。

時代が下り、奈良時代の後期から仏教が大きな力を持ってきます。平安時代になると挿頭は形骸化していきます。『源氏物語』の「紅葉の賀」ではまだ、本物の菊と紅葉が使われていますが、挿頭の花は造花になってきます。そうなると「聖霊の力、エネルギー」や「香り」を得ることはできなくなります。わたしは勝手に「挿頭の終焉」と名付けています。

ここで、ひとつ興味深いお話をしたいと思います。ヒノキの名前の由来です。ヒノキは木をすり合わせて火を起したことから「火の木」がヒノキになったと、牧野富太郎の説です。それに対して、「日の木」から来たという説があり、これは『万葉集』から論じられていますのでご紹介します。

万葉の時代は上代日本語を使用していたとされていますが、上代日本語では母音が八つあって、i、e、o の各母音が二種類ずつあったということです。母音とは声を保持する持続音のことで、現在の日本語ではアイウエオの五つです。母音が二つあるので左記のように

「ひ」は甲類と乙類に分けられたのですが、平安時代に乙類は消滅し、母音はひとつになってしまったのです。

ひ（甲類）：比卑必臂賓嬪避譬毘辟日檜氷負飯霊

ひ（乙類）：非斐悲肥飛被彼秘妃費祕火樋干乾簸

ヒノキの「檜」の字と「日」の字は甲類です。「火」は乙類です。だから、ヒノキは「火の木」ではなく「日の木」から来たと主張できるのです。音が違うものを由来とすることはないからです。

平安時代に「乙類」が消えてしまったのはとても残念です。『万葉集』の音も今のわたしたちが発音していたのと違っていたのがあったのに、それを再現することができないからです。

せめて、造花ではなく本物の花を挿頭にして、万葉の時代に思いをはせることで我慢することにいたしましょう。

★★★

紅にほふ　くれないにおう

春の園　紅にほふ桃の花　下照る道に出で立つ娘子

（原文）春苑 紅尓保布 桃花 下〈照〉道尓 出立 嬬嬬

（仮名）はるのその くれなゐにほふ もものはな したでるみちに いでたつをとめ

一九／四一三九　大伴家持

（意味）春の苑は桃の花で紅《くれない》に輝いています。その下に立つ乙女も輝いています。

わたしはこの歌が大好きです。『万葉集』で好きな歌一〇首をあげろと言われたら、必ず、この歌が入ります。『万葉集』の歌の中にはまるで絵画のように、色彩を感じさせる歌が何首もあります。この歌はその筆頭です。桃の花の色、少し濃いピンク色で染められた絵です。

その一面の桃の花の下で美しい女性が一人立っているという、その女性も桃の花の色に輝いているという、華やかさと高貴さを感じさせる絵画です。それがまず、大好きな理由のひとつです。

そこで、「紅にほふ《くれないにおう》」ですが、素敵な言葉ですね。でも、この言葉、現代の言葉で理解しては「素敵」になりません。紅ですが、現在、紅と言うと深紅、真っ赤と理解されていますが、この時代の紅は違います。これは紅花《ベニバナ》で染めた色のことを言います。草木染になりますので、「紅」と言っても、実はいろいろな色が出てきます。

読者のみなさんの中には、ベニバナ染めのスカーフなどをお持ちの方もいると思いますが、肌色っぽい色とか、ピンク色が多いですね。真っ赤な色というのはないです。ただ、古代はそのベニバナを何度も何度も染め重ねて、大量のベニバナを使って、限りなく赤に近い色にしたのです。それが紅なのですが、赤と言うより濃いピンクと言ったような色です。

ただ、紅というのはその大量のベニバナでやっとできた最高傑作の色だけを現わすものではなくて、ベニバナで染めた色すべてを紅と言ったようです。そうでないと桃の花の色が真っ赤だったら気持悪いですものね。せっかくの絵画も品がなくなります。だから、この歌の紅は桃の花の色と訳した方がいいかもしれません。

次に「におう」ですが、これも現代の言葉とは意味が違ってきます。今は「香りがする」という意味ですが、万葉の時代は「色、光沢、香り、栄誉、声」などが麗しいことを言いました。「におう人」と言ったら、最高のほめ言葉になりますね。特に「色が美しい」「輝いている」と言う意味で多く使われていました。だから、ほとんど匂いがしない花にも使われています。桃の花は匂わないと言ってもいいです。万葉の植物である卯の花も匂いません。「卯の花の匂う垣根に」と「夏は来ぬ」で歌われていますが、これも「卯の花の色が美しい」と言う意味です。

さらに「下照る道に出で立つ娘子」ですが、これも心憎い表現ですね。桃の花が太陽の光で輝き、その下に立っている女性も美しく輝いていますと言うのです。太陽の光は桃の木や花の間を縫って、射し込みます。その下にいる女性は光と蔭の中で立っているのです。その蔭を感じさせるところが日本的でわたしは好きです。大伴家持は越中のどこでこの歌を作ったのかしら、その光景を追体験してみたいと思うぐらい、どんどん深みにはまってしまいます。

この「娘子《おとめ》」は英語の訳だとgirlになるそうですが、原文の「嬬」の字を見てください。群馬県に吾妻郡嬬恋《つまこい》村があるように、この字は「つま」と読み、配偶者のある女性のことだそうです。この字は「弱い」と言う意味もあり、昔は妻というのは弱かったのでしょうか。その字からこの歌の女性は大伴家持の妻の坂上大嬢《さかのうえのおおいらつめ》のことを指しているのではないかとも言われています。

その「娘子」についてはは諸説ありますが、この桃の花の下に立つ女性は小娘であってはならないと、わたしは断言したいです。girlではなくてwomanでないと、この歌の絵画的美しさと華やかさが台無しになります。

この歌は題詞によりますと、桃と李《すもも》と二首を詠ったうちのひとつという事がわかります。また、天平勝宝二年と言うと大伴家持は越中守《えっちゅうのかみ》として、現在の富山県高岡市にいました。奈良で作った歌ではありません。ちょうど、そのころ、奈良から越中に坂上大嬢が来たという記録もあります。題詞にはいつ詠ったかも書かれています。

天平勝寶二年三月一日之暮眺矚春苑桃李花〈作〉二首

この歌が好きな理由をたくさん書きましたが、一番の理由は三つの名詞を重ねていることです。春の園（名詞）、紅にほふ桃の花（名詞）、下照る道に出で立つ娘子（名詞）。何首も何首も『万葉集』を読んでいてこの歌に出くわすと（何度も何度も出会っているのですが）そのたびに、なんて新鮮で、なんてモダンな歌なのかしらと嘆息してしまいます。

古典の和歌では動詞で終わる歌が圧倒的に多いです。倒置で名詞が後に来たりすることもありますが、名詞、名詞、名詞で一首作るのは勇気がいると思います。終わりの動詞に助詞をつけて、推量、禁止、断定、主張、念押し、詠嘆などを現わすので、それを排除すると、普通は味気ない歌になってしまうはずです。それが、その味気なさを補うだけではなく、新境地へと誘っています。ものの見事に成功させています。家持の力量を感じます。

★★★

消残る　けのこる

この雪の消残る時にいざ行かな　山橘の実の照るも見む

（原文）此雪之 消遺時尓 去来歸奈 山橘之 實光毛将見
（仮名）このゆきの けのこるときに いざゆかな やまたちばなの みのてるもみむ
一九／四二二六　大伴家持《おおとものやかもち》
（意味）この雪が消えずに残っているうちに、さあ、行きましょう。山橘の実が照っているのを見ましょう。

大伴家持の歌を続けます。これも越中の守として、高岡にいたときに詠った歌です。山橘《やまたちばな》の現代名はヤブコウジです。常緑小低木で、林内に生育し、冬に赤い実をつけます。

古典園芸植物のひとつで正月の縁起物でもあります。十両とも言われていますが、『万葉集』では山橘で詠われています。葉が橘に似ているところからその名前がついたそうです。

「万葉集を楽しむ会」ではこのように花の話から入ります。「ところで、みなさん、ご存知でしたか。十両だけではなく、一両（アリドオシ）、百両（カラタチバナ）、万両（マンリョウ）、千両（センリョウ）とあります」と続けると、参加のみなさんからは「え〜〜」という声が上がります。「でも、赤い実のつく場所が違います。センリョウは葉の上につきますが、ヤブコウジは葉の下につきます。一両のアリドオシはアカネ科の植物でまったく違った実の付き方です」さらに、「ヤブコウジの花言葉は《明日への幸福》《ふくよかな愛》です」と進んで行きます。

ヤブコウジは万葉のころから親しまれてきましたが、江戸時代に育種、改良され、独自の発展を遂げた園芸植物です。オモト（万年青）やマンリョウと同じように、葉を鑑賞するもので、芸術、娯楽、投機の対象とされました。ヤブコウジ一鉢で家一軒が買えたという話もあります。ますます、ヤブコウジに興味がわいてきますね。もちろん、ヤブコウジの写真も資料に添付しています。さて、そんなヤブコウジ（山橘）は『万葉集』では五首詠われています。二首が大伴家持で、どちらも雪の中の山橘の赤い実に着目しています。それではその歌をご紹介しましょう。

題詞には**雪日作歌一首**とあります。また、左注には**右一首十二月大伴宿祢家持作之**と書かれています。天平勝宝二年（七五〇）一二月、越中にいたときに詠った歌になります。

「消残《けのこ》る」とは消えずに残るという意味です。この言葉、大好きです。最初、この言葉に出会ったとき、「居残《いのこ》る」に似ていると思いました。だから、消えずに残るというより、「消え残る」の方がより忠実な意味になると感じました。雪が降って、やがて解けて消えて行く、その消えることがまだ途中で残っている、そんな状態の雪のときに山橘の実を見に行きましょうと言っているのです。

山橘の実はセンリョウやマンリョウより大きくて、数が少ないですが、まさに照り輝くような赤い色をしています。雪の白と山橘の緑色だけでもすがすがしい配色なのに、その緑の葉の下の実の赤い色が加わるのです。目を見張るような鮮やかな組み合わせですね。何か良いことがありそうな予感がします。だから、「明日への幸福」と言う花言葉も頷けます。

「いざゆかな」ですが、原文は「去来歸奈」です。「去来」は「いざ」と読みますね。有名な陶淵明の「帰去来兮《かえりなんいざ》」の歌、漢文で習ったのを覚えておられるでしょうか。「歸奈《ゆかな》」ですが、帰るを行くと訳していますが、これは他の章でもお話しますが、英語の COME の用法が古代には使われていたのです。

もうひとつの家持の山橘の歌もご紹介しておきます。

消残《けのこ》りの雪にあへ照る　あしひきの山橘をつとに摘み来な　二〇／**四四七一**
（意味）消えずに残る雪に照り映えている山橘をちょっとした贈り物に摘んで来よう。

左注があります。**冬十一月五日夜小雷起鳴雪落覆庭忽懐〈感〉憐聊作短歌一首**。これは夜に雷が鳴り、雪が庭に積もったので、感動して作った歌。天平勝宝八年（七五六）一一月五日の夜です。

冒頭の四二二六の歌から六年がたっています。最初の歌は越中守在任中に詠われたものですが、四四七一の歌は奈良の都に帰って来てからのものです。同じように「消残る雪」と「照る山橘」を詠っています。おそらく、雷が鳴って雪が積もり、山橘の赤い実を見ていると、越中時代に見た「消残る雪の山橘」を思い出したのでしょう。奈良の都に降る雪は越中の雪とは違っていても山橘が記憶を呼び戻してくれたのです。越中時代、家持は「消残る雪」に赤く照り輝く山橘が気に入ったのでしょう。

『万葉集』では雪を詠った歌は一五〇首を超えます。『万葉集』最後を飾る家持の歌も雪の歌です。多くの歌人が雪の歌を残していますが「消残る雪」を詠ったのは家持だけです。

こんなお話を一時間ぐらいして、終わった後、参加者の方、一人ひとりに感想を言っていただくのですが、『万葉集』の歌よりも山橘のことが心に残るようです。その方が後で山橘を見ると「こんな感じの歌があったな」と思い出してもらえます。

最後にその時にご紹介した歌に関連する記念品をお渡しして、わたしの「万葉集を楽しむ会」は終わります。この時の記念品は土のついた、赤い実付きのヤブコウジそのものでした。みなさん、大事に持って帰られました。

ヤブコウジをお渡ししたのは二〇一二年の一一～一二月でした。毎年、たくさんの方から「山橘に赤い実がつきました」と連絡が入ります。中には「雪が降ってくれるといいなと思っているのですが降りません」と不平をもらす人がいます。山橘に雪が降ったら、「消残る」ころに赤い実を眺めて、大伴家持の気持になってもらえますものね。

★★★

追記：

平成二二年（二〇一〇）の六月に「あいざいやゆうと万葉集を楽しむ会」を「桔梗《ききょう》」の歌で始めました。毎回、『万葉集』に詠われた花（植物）に焦点を当てて、その花が詠われている歌を原則二首ご紹介しています。その際、その花や歌に関連した着物、帯、帯留というでたちで教室に向かいます。また、その花にちなんだ記念品をさしあげてきましたが、平成二七年三～四月の「藤」以降は事情により記念品はお渡ししておりません。

恋ひ恋ひて　こいこいて

恋ひ恋ひて　逢へる時だにうるはしき　言尽してよ　長くと思はば

（原文）戀々而 相有時谷 愛寸 事盡手四 長常念者

（仮名）こひこひて あへるときだに　うるはしき ことつくしてよ ながくとおもはば

〇四／六六一　坂上郎女《さかのうえのいらつめ》

（意味）恋い続けてようやく逢えたその時ぐらい　愛おしむ言葉をかけてください。
この恋が長く続くようにとお思いならば。

坂上郎女《さかのうえのいらつめ》は『万葉集』に八四首も歌を残しています。これは大伴家持、柿本人麻呂に次いで三番目の多さです。内容も祭神歌、挽歌などもありますが、やはり相聞歌（恋の歌）

が多く、優れた歌をたくさん詠っています。その中のひとつが冒頭の歌です。

なんと言っても「恋ひ恋ひて」で始まるのが魅力的です。しかも、これは「こひこひて」と「ひ」で発音すると、ずっと、ずっと思い続けていたという気持が伝わって来ます。そして、やっと会えたのですから、愛おしいと十分に声をかけてくださいと、けなげな恋心を訴えています。甘えているような光景ですが、その隙間にしっかりと「この恋が長く続くことをお望みなら……」を入れています。

現代的に訳すと、「あなたのこと、ずっとずっと好きでした。願いが叶って、やっと恋人になることができたのだから、愛しているって何度も言ってよ。あなただって、この恋が続いて欲しいと思っているでしょう」ですね。「ずっとずっと好きでした」ではだめですね。これでは雰囲気が出ません。やはり、「恋ひ恋ひて」を現わす現代語はありませんね。

この歌ほど恋する女心を上手に表現している歌はないと思われます。いちずな心、甘える心、試す心がこの女性を魅力的にしています。最後に試すように、「この恋が長く続くことをお望みなら……」と言いながら、答えはわかっているのよという、こんな歌をもらったら男性はめろめろになるのではと想像します。なんて心憎い女性でしょう。もし、わたしがこの歌のような心境になったとしても、これほど大胆に直接的に上の句は詠えませんし、下の句のようなところまで気が回りません。

一説にあるように、坂上郎女の恋の歌は遊び的な要素が強く、実体験ではないのかもしれません。和歌の世界で思う存分恋の歌を詠ったものかもしれません。でも、そうだとすると、それこそ、その表現力たるや群を抜いていると思います。

坂上郎女は大伴家持と共に『万葉集』の第三期（分け方により第四期になりますが、最後の期）を代表する歌人で、歌が上手だったのは周知のことだったようです。単なる歌詠みではなくて、実生活では「肝っ玉母さん」のような頼りになる女性だったのです。大宰府にいた異母兄の大伴旅人を訪れた後、奈良に戻り、佐保にとどまります。佐保は大伴家が住んでいた地域です。刀自《とじ》（家政をつかさどる婦人の称）として、また氏族の巫女的存在として大伴氏を支えたと言われています。

坂上郎女の歌を読んでいると、恋多き女性と言うより、男性とも友情が成立した女性ではないかと思ったりします。万葉の時代に歌が上手だっただけではなく、責任のある仕事をこなし、男性連中と良い距離感で生きていた大物だったように思います。「恋ひ恋ひて」は女っぽい響きがありますし、恋の深さと時の長さを感じさせます。でも、恋に溺れているような雰囲気、または粘着性のある恋を感じさせないのは坂上郎女の歌だからでしょうね。

もうひとつ、まるで、動詞の活用のような楽しい（そう言ったら坂上郎女に怒られそうですが）歌をご紹介します。その頃、恋人であった、藤原麻呂《ふじわらのまろ》（不比等の四男）に贈ったものなので、こちらはまさに実体験の恋の歌です。

来むと言ふも　来ぬ時あるを　来じと言ふを　来むとは待たじ　来じと言ふものを

〇四／〇五二七

この「来」はすべて「こ」と読みます。声に出して読んでみると、まるで、早口言葉のようですが、すべて、「こ」で始まっているのがとても心地良くて楽しいです。

（意味）あなたは来る（行く）と言っても来ない時があるのに、来ないだろう（行かないだろう）と言っているのだから、来るだろうと思って待つなんてことはしません。来られない（行かれない）と言っているのですから。

（原文）将来云毛 不来時有乎 不来云乎 将来常者不待 不来云物乎

原文も付け加えましたが、字をよく見てください。「来」の字が五回、「不来」の字が四回、「乎《を》」と「言（云）」の字が三回使われていて、漢字の省エネで仕上がっています。「不」の多さが相手の不誠実さを責めているようで、それでも、なんとなくユーモアを感じさせますね。

ここで、「来る」に触れておきます。意味の中に（　）がありますね。日本語としてわかりやすくするために、わたしが入れました。当時、「来る」は英語のCOMEと同じような用法で「行く」の意味でも使われていました。ここでの「来む」は「行く」の意味で、「来じ」は「＝行くつもりがない」の意味です。現代語では「来る」は「行く」の意味ではほとんど使用されません。そうなると現代ではこの歌のような「来る」の変化でたたみこむ歌は作れないことになります。当然、「こ」の音の連続による心地良い響きは消えてしまいます。

「来じ」は否定ですが、「意志」が入ります。何かの差し障りで行けないのではなくて、行きたくないと言っている、それを二回も使っているのは効果的です。「だから、待ったりはしないから」とすねて、最後にもう一度、ピシャリと「だって、行くつもりはないって言っているのですから」とダメ押しをするのです。そんなことを書きながら、「実はあなたのことを待っているんですよ……。だから、近いうちに来てくださいね」と、そんな風にわたしには想像できます。

「恋ひ恋ひて」の歌も、「来むと言ふも」の歌も、甘え上手、すね上手、そして、ほほえましさの中に相手をちょっと責めながらも、自分を失わない冷静さを感じさせる坂上郎女は魅力的な女性です。

☆☆☆

恋忘貝

こいわすれがい

我が背子に恋ふれば苦し　暇あらば　拾ひて行かむ恋忘貝

（原文）吾背子尓 戀者苦 暇有者 拾而将去 戀忘貝
（仮名）わがせこに こふればくるし いとまあらば ひりひてゆかむ こひわすれがひ
〇六／九六四　坂上郎女《さかのうえのいらつめ》
（意味）あの方に心引かれて苦しい。旅の暇に浜で拾って行こう。恋のつらさを忘れさせてくれるという忘れ貝を。

続けて、坂上郎女の歌です。戀忘貝！　この漢字を使ったら「こひわすれがい」とふりがなをつけたいです。なんて素敵な言葉なんでしょう。この貝を拾えば恋の苦しさを忘れさせてくれるというのです。ロマンチックですね。まさに恋に悩む乙女が拾いに行きそうな感じですが、『万葉集』のころは男性も女性もこの貝を拾ったのです。右の九六四番の歌はたまたま女性ですが、『万葉集』に六首詠われている恋忘貝の歌を見ると作者が男性だとわかる歌があるからです。

そもそも、恋忘貝というのはどんな貝なんでしょうか。ワスレガイと言う貝が今でもあるのですが、これが万葉の時代の「恋忘貝」だったかどうかは定かではありません。『万葉集』ではアワビや真珠貝と思われる歌が他にあるので、それ以外の貝のようです。平安時代になって盛んになった「貝合わせ」などの遊びで使われたハマグリでもないようです。二枚貝のよくある貝だったのかもしれません。というのは恋忘貝とはその一枚だけになったものを言うらしいです。イメージ的には桜貝が一番近いような気がしますが。

貝の特定は歌にはあまり影響がないのですが、恋忘貝と言うのは住吉の岸に打ち上げられるという別の歌があり、住吉が恋忘貝の本拠地（？）だったようです。でも、この歌は坂上郎女が大宰府にいた異母兄の大伴旅人《おおとものたびと》を訪れ、その後、都へ帰る途中で詠った歌なのです。ひとつ前の九六三とこの九六四の題詞を見てみましょう。

冬十一月大伴坂上郎女發帥家上道超筑前國宗形郡名兒山之時作歌一首　（九六三の題詞）

同坂上郎女向京海路見濱〈貝〉作歌一首　（九五四の題詞）

九六三の題詞ですが、「冬の十一月、大伴坂上郎女、帥《そち》の家を発ちて道に上り、筑前の国の宗像の郡の名児の山を越ゆる時に作る歌」、九六四の題詞は「同じき坂郎女、京にのぼる海路にて浜の貝を見て作る歌一首」と書かれています。住吉まで戻って来ていたかどうかはわかりませんが、浜の貝を見て作った歌というのがわかります。

坂上郎女は『万葉集』の女性歌人として筆頭に上がる人です。時代は違いますが、有名な額田王《ぬかたのおおきみ》と同じぐらい、いや、それ以上に万葉の女性歌人として評価されてもいいと考えています。最初、穂積皇子に嫁ぎ、皇子の死後、藤原麻呂の恋人となり、後に異母兄の大伴宿奈麻呂の妻になっています。右の歌が詠まれた時、彼女は三〇歳を越していました。当時、三〇歳を超えると年増《としま》と言われて、老女扱いでした。そのころに、このような恋忘貝の歌を詠うこと自体すばらしいです。

もっと、若いころには情熱的な恋の歌をたくさん詠っています。彼女の恋の歌はその恋心を大胆に詠っていて、情熱的ですが、品があり、かわいらしさもあります。今のわたしたちでも「この恋の歌いいわね」と共感できる歌が多いです。

さらに、坂上郎女については、『万葉集』にとって、もうひとつ忘れてはならないことがあります。坂上郎女は大伴旅人の異母妹でしたので、大伴家持にとっては叔母さんでした。また、大伴家持の母は彼が小さい時に亡くなっているので、叔母さんの坂上郎女は母親のように大伴家持、書持《ふみもち》兄弟の面倒をみていました。大伴家持は早くから文才を現わしましたが、和歌を教えたのはそばにいた坂上郎女でした。

大伴家持には子供のころ詠った大人びた歌がありますが、それは坂上郎女の歌の技巧や感性をまねしたり、大きな影響を受けていた結果だと思われます。「学ぶ」は「まねる」ことから始まります。そんな風に和歌も学びながら、才能を開花させて行ったのです。いつしか独自の感性の歌になっていき、「防人の歌」を集め、『万葉集』の編さんに大きく関わり、『万葉集』の最後を締めくくる歌の作者として日本の文学史に残る歌人となったのは坂上郎女に和歌の基本を教えてもらったおかげだと言えるでしょう。

また、坂上郎女は大伴宿奈麻呂との間に生まれた坂上大嬢《さかのうえのおおいらつめ》を家持の妻にするように働きかけます。娘の代わりに歌を作ったとも言われていますので、相当の世話焼きでもありますね。

『万葉集』には「わすれ草」も出てきます。カンゾウのことですが、これも見たり、身につけたりすると忘れられると言われています。大学のころ、下宿の庭に咲いていましたので、これぞとばかりに試してみましたが、ほとんど効果はありませんでした。「恋忘貝」の方は貝が特定できないので、片っ端からいろんな貝を拾っては「これかなあ」と思ってみたりもしましたが……。「恋忘貝」ではなかったからでしょうか。忘れることはできませんでした。

そう言えば、『万葉集』の中でも、「わすれ草を身につけたけど忘れられない」とか、「恋忘貝」を拾ったけれど、効果がなかったというのがありました。恋の苦しさはどんなことをしても忘れることはできないものなんでしょうね。だから歌になるのかもしれません。

☆☆☆

言とはぬ　ことと《ことと》わぬ

言とはぬ木にはありとも　うるはしき君が手馴れの琴にしあるべし

（原文）許等々波奴 樹尓波安里等母 宇流波之吉 伎美我手奈礼能 許等尓之安流倍志

（仮名）こととはぬ きにはありとも うるはしき きみがたなれの ことにしあるべし

大伴旅人《おおとものたびと》　〇五／〇八一一

（意味）物言わぬ木であっても、きっと尊いお方に大切にしてもらえる琴になるでしょう。

「言とはぬ《こととわぬ》」は物言わぬという意味ですが、「言《こと》」と「琴《こと》」が同じ音であり、耳に気持の良い歌ですね。まるで、琴の音が聞こえてくるようです。この琴は桐の乙女だったので、ことさらにどんな音なのか興味がわいてきますね。

この歌は八一〇からの続きの歌で、八一〇と八一一に長い長い題詞と左注がついています。紙面の都合上、現代語訳のみご紹介します。ただ、八一〇の歌は訓読と意味を載せておきます。

「この悟桐製の日本琴《やまとこと》は対馬の結石山《ゆひしやま》の孫枝《ひこえ》（根もとの脇から生えた枝）から作られたものです。この琴が夢で乙女になって現れ、こう言いました。

「私は遥か遠い対島の高い峰に生え、大空の美しい光に幹をさらして育ちました。いつもまわりを雲や霞に取り囲まれ、山や川のもとで遊び暮らし、遠く海の風波を眺めながら、伐られるか伐られないか分からないまま立っていました。ただ一つ心配なことは、このまま長い歳月を経たのち寿命を終え、空しく谷底に朽ち果てることでございました。ところが幸いにも立派な工匠《たくみ》にめぐり合い、伐られて小さな琴になることができたのです。音は粗末で響きも悪うございますが、いつまでも徳の高いお方のお側に置いて戴けることを願っております」

このように語った乙女は次のように詠いかけました。

いかにあらむ　日の時にかも　声知らむ人の膝の上（へ）　我が枕かも

○五／八一○　大伴旅人

（意味）いつ、どんな時になったら、この琴の音を知ってくださる人の膝の上で、膝を枕に横たわることができるでしょうか。

そこで私（大伴旅人）も歌で答えました。それが八一一の歌です。意味は**物言わぬ木であっても、きっと尊いお方に大切にしてもらえる琴になるでしょう**（ここから左注になります）すると「つつしんでご親切なお言葉をうけたまわりました。ありがたいきわみでございます」と乙女は答えたのです。

私はふと目が覚めてしみじみと夢を思い、乙女の言葉に感じ入ってじっとしていることができません。そこで公用の使いにことづけて、その琴を閣下に御進呈申し上げる次第です。

ここまでです。長くてびっくりしますね。『百人一首』や『古今和歌集』などで、短歌にしかお目にかかっていないと「何なの、これ」と呆れかえってしまうくらいです。それでも、日本むかしばなしのような物語性がありますね。太宰府にいた大伴旅人は奈良の都の藤原房前《ふじわらのふささき》に琴を贈ったのですが、この回りくどい琴の説明は、単純に素敵な琴が手に入りましたのでお贈りしますということではないということがわかりますね。

ここで歴史に登場してもらいます。この歌は天平一年（七二九）一〇月七日に詠われています。大伴旅人は大宰府の帥《そち》（長官）に赴任一年後に妻を亡くし、次の年（七二九）に長屋王の変が起きます。大伴旅人とは朋友で、親交が深かった長屋王《ながやのおおきみ》（高市皇子の息子）は謀反のかどで自害させられたのです。藤原不比等存命のころ、長屋王は政治の中枢にたち、大きな権力を持っていましたが、不比等の死後、その息子の藤原四兄弟（武智麻呂、房前、宇合、麻呂）と対立するようになります。讒言で葬られたとの説が有力です。

大宰府で長屋王自害を知った大伴旅人の心境はいかなるものであったでしょうか。長屋王の近くにいることができなかった無念さと、長屋王に近しかった自分の立場の危うさを感じ、酒浸りになります。名門豪族である大伴氏は藤原氏の台頭とともに弱体化していきます。そのような歴史の渦に巻き込まれながら旅人は何とか大伴家の立場を守ろうとしていたのです。

悶々としながら「こんなところで酒ばかり飲んでいてはいけない。行動を起こさなければ」と思ったのでしょう。藤原四兄弟の二番目の藤原房前に琴を贈り、ご機嫌を取ろうとしたのです。「尊いお方に大切にしてもらえる」とか、「この琴の音を知ってくださる人の膝の上で、膝を枕に横たわることができるでしょうか」と意味深長にわたしは敵ではありませんと述べています。

ところで、題詞にある「日本琴」ですが、埴輪などで見るようなひざに乗せて弾く小型の和琴《わごん》だったと思われます。そんな思惑に利用された小さな琴の音ははたしてどうだったのでしょうか。その琴を贈ってもらった藤原房前の返歌が八一二にあります。

言とはぬ木にもありとも　我が背子が手馴れの御琴　地に置かめやも　〇五／八一二

（意味）物言わぬ木ではあってもあなたのご愛用の御琴を地に置くことなどありましょうか

大伴旅人の作戦は一応は成功したかのように見えますが、次の年に奈良へ帰って来て、病を得て死亡します。旅人六七歳。長男の家持は一四歳。その後、家持も歴史の渦に巻かれて行きます。それでは続きは他の章で。（紙芝居みたいですね）

☆☆☆

立ちよそひたる

山吹の立ちよそひたる山清水　汲みに行かめど道の知らなく

（原文）山振之 立儀足 山清水 酌尓雖行 道之白鳴
（仮名）やまぶきの たちよそひたる やましみづ くみにゆかめど みちのしらなく
〇二／〇一五八　高市皇子《たけちのみこ》
（意味）山吹の花が咲いている山の清水を汲みに行こうと思っても道がわからないのです。

平成二七年四月二六日から一泊で、福島県の桜を見に行きました。夏木の千本桜にたどりついたとき、すでに桜はほとんどが散っていたのですが、代わりにというか山吹が手招きをするように咲いていました。その後、バスで裏磐梯の方へ向かう車窓から山道を眺めているとこれまた、一重の山吹があちこちらに見えたのです。照り輝く山吹色は山野の緑に映えて、そのあたりの山を「山吹山」と名付けたくなりました。

山吹を見ると必ず、口に出て来るのはこの歌です。「たちよそひたる」ですが、原文の立儀を「さく」と訓読みしたこともあるそうですが、現在は「たちよそう」になっています。「たち」は強調を現わす接頭語で、「よそいたる」は漢字だと「装いたる」と書きます。現在、衣服を整えたり、食べ物をきちんと盛る時に使いますね。さらに、この言葉は「飾る」という意味があります。そのため、「山吹が飾られている」山清水ということになります。単に山吹が咲いているというより、山吹が清らかな水のほとりに、その景色をさらに清らかにするように咲いているような様子が浮かんできます。

『万葉集』では誰がいつ、どのような時に作ったかがわかる題詞と言うのがありますが、この歌もそのひとつで、次のように書かれています。

十市皇女薨時高市皇子尊御作歌三首

十市皇女《とをちのひめみこ》の薨《かむあが》りましし時に、高市皇子尊《たけちのみこ》の作りませる御歌三首

その三首は挽歌に分類されていて、山吹の歌は最後の歌になります。

高市皇子は十市皇女と幼少のころから仲良く過ごしたと言われています。十市皇女は大海人皇子（後の天武天皇）と額田王の娘です。高市皇子は母が違いますが、同じく父は大海人皇子です。つまり、二人は異母姉弟となります。おそらく、彼は幼少からずっと十市皇女が好きだったようです。

ところが、彼女は当時の天智天皇の皇子の大友皇子（後の弘文天皇）に嫁がされます。そして、六七二年の壬申の乱を迎えます。十市皇女にとっては夫と父が敵として戦うのですから、大変つらい立場だったことでしょう。結果、夫は父に敗戦し、自害し、父の天武天皇の時代が到来します。その六年後の六七八年、十市皇女は急逝します。その死を悼んで作った歌なのです。

「山吹の黄色と山清水で『黄泉《よみ》の国＝死者の国』を現わし、そこへ行きたい、十市皇女に会いたいけれど、そこへ行く道がわからない」というような解釈が一般的になっています。こ

の歌は死者を悼む挽歌となっていますが、最初にこの歌に出会ったころ、とっさに相聞歌（恋愛歌）だと感じました。そして、「こんな風に思われたい」と乙女心に憧れたものでした。

次に思ったのは「高市皇子って一体、どんな人？」でした。たいした人でなければ思われても仕方がないかもと、まさに一〇代の乙女は考えたのです。高市皇子は天武天皇の長男ですが、母親の身分が低かったため、序列としては三番目でした。でも、壬申の乱でも父を助け、大活躍したとのことです。また、序列二番目の大津皇子が謀反の罪で自害させられ、序列一番目の草壁皇子が若くして死んだ後、天武天皇や次の持統天皇を補佐し、人望が厚く、リーダーシップがあり、優れた政治家だったことがわかりました。

良かったと喜んだと同時に、このように『万葉集』をひもとくと教科書には出てこない歴史が隠れていることがわかったのです。高市皇子は歴史の本には一度、名前が出て来たかもしれないという、それぐらいの記憶しかないので、歴史も大好きなわたしはそれ以後、さらに『万葉集』にのめり込んでしまったのです。

高市皇子は『万葉集』では十市皇女への挽歌三首だけしか残していませんが、この山吹の歌の清冽さは読む人の心を震えさせます。山吹が映えるみずみずしい清水の中から諦めきれない恋心、もう会いたくても会えないという諦めの心、守ってあげられなかった自責の念などが透明感を持って浮かび上がってくるからです。一説には十市皇女は自殺をしたと言われています。

山吹と言うともうひとつ大切なことがあります。父のことです。父は兵庫県の山村に生まれ育ちました。祖父は大工で曾祖父は石工だったと聞いています。林業も営んでいたので、樹木についてはとても詳しかったのですが、花についてはそれほどでもありませんでした。

ある日、わたしが何の気なしに山吹の話をした時、父はうれしそうな顔で「乾門《いぬいもん》」を入ったところに咲いていた山吹はものすごくきれいやったなあ」と言ったのです。父は昭和一六年から終戦まで近衛兵《このえへい》（天皇と皇居を警衛する兵）をしていました。現在は東京国立近代美術館工芸館になっている、その場所に近衛師団がありました。乾門は父にとって皇居、昭和天皇の警護にあたるために通る通用門だったのです。まさに「たちよそいたる山吹」だったことでしょう。

★★★

玉の緒

たまのお

息の緒に思へば苦し玉の緒の　絶えて乱れな知らば知るとも

（原文）生緒尓 念者苦 玉緒乃 絶天乱名 知者知友

（仮名）いきのをにおもへばくるし たまのをのたえてみだれな　しらばしるとも

一一／二七八八　　作者未詳

（意味）命がけで思っていると苦しくてならない。いっそのこと玉の緒が切れて玉が散るように乱れようか。人が知るなら知ろうとも。

「玉の緒よ〜」と言えば『百人一首』です。「はい」と、「しのぶることのよわりもぞする」の札を取っていました。だから、上の句も下の句もゆっくり聞かないことが多かったのです。

暗記はしていましたが、この歌をしげしげと眺めたり、歌の意味を考えたりしませんでした。でも、さすがに高校生になったころ、調べたくなりました。

そもそも、「玉の緒って何？」から始めました。「玉の緒」は玉を貫き通した細ひものことですが、その首飾りのことも言います。ほとんどが枕詞《まくらことば》（決まった言葉の前につく修飾句）として使われています。長短から「長し」「短し」、乱れたり切れたりすることから「思ひ乱る」「絶ゆ」「継ぐ」、さらに玉が並んでいる様子から「間《あいだ》もおかず」などにかかり、また、魂《たま》の緒の意から、「現《うつ》し」「いのち」にかかりました。

古文を習ったときに一番面白いなと思ったのがこの「枕詞」です。「枕詞」はほとんどが意味をなしません。『万葉集』は長歌もありますが、普通は三一文字の短歌にまとめあげないといけないのです。だから、意味のない枕詞なんか（ごめんなさい）に文字を使ってしまったらもったいないし、みなが同じように枕言葉を使うと似たような歌になり、独自性がなくなってしまいます。それなのにたくさんの枕詞をたくさんの人が使っています。

「枕詞の効果って何？」が次の課題でした。ある語句を引き出すために（予想させるために）、口調を整えるとのことです。何よりも『万葉集』は口に出して読むと、枕言葉が生きてくるからです。流れがあってイメージがわいてきます。また、言葉や歌が祈り・呪《まじな》いであった時代の名残りとも言えます。そんな役割が形骸化しても、枕詞は歌を作る時にはとても便利な役割を果たしたはずです。即興で歌を作る時、枕詞を使うと、その間に下の句を考える時間ができるからです。話をするときに、まず「あ〜」とか「え〜」とか言ったりしますが、それが長くて音が美しいのが枕詞だったような気がします。

わたしの「万葉集を楽しむ会」に参加の方で、古文が嫌いだったという方が結構いますが、そのような方でも「たらちねの母」、「あかねさす紫」、「ひさかたの光」などは知っているとのことです。それは、音の持つ力から来るのだと確信しています。枕言葉は数えればきりがないぐらいありますので「玉の緒」以外の枕詞は別の項目でご紹介したいと思います。

さて、一二七八八の歌の説明をいたします。わたしのお気に入りの歌のひとつです。「玉の緒」は「絶えて」にかかっています。その前の「息の緒」は命がけでと言う意味ですが、「息の緒」、「玉の緒」と連なって音が美しいですね。「絶えて」はここでは「死ぬ」ということではなく、「すっかり」と言う意味です。

「すっかり乱れる」とは「玉を引きちぎって玉が乱れる＝心が乱れる」を現わします。首飾りの玉を引きちぎって、広がっていく玉は乱れているのですが、わたしは玉が首飾りから離れて、解放されて、光輝く美しさを感じます。心の解放だからです。「世間が知ろうが知るまいが（知られようが知られまいが）」と結んでいるのも絶妙です。でも、ここでは玉を引きちぎってはいないのです。そのようにできたらどんなに気持が楽になるでしょうかと詠っているのです。

「玉の緒」の歌は『万葉集』には二八首ありますが、巻一一に一〇首もあり、この歌の前も後ろも「玉の緒」の恋の歌です。女性の歌が多いのは首飾りとの連想でしょうね。その玉ですが、当時はおそらく、天然石や骨や角からできたものであり、ひもは麻や楮《こうぞ》でできたもので、玉も勾玉から、管玉、丸玉といろいろあったのでしょうね。いずれにしろ、玉の紐が乱れたり、切れたりすることはよくあったので、こんな歌が生まれたのでしょう。

平安時代以降になると、和歌は音よりも意味が重要になってきます。そのため、枕詞はだんだんと衰退していきます。それでも、いくつかの枕詞は残り続けます。新古今の時代になっても「玉の緒」の歌が詠われたのです。それが次の『百人一首』の歌です。

玉の緒よ　絶えなば絶えね　ながらへば　忍ぶることの　よわりもぞする

式子内親王《しょくしないしんのう》（しきしないしんのう）　新古今集　恋一・一〇三四

意味は「我が命よ、絶えてしまうのなら絶えてしまえ。このまま生き長らえていると、堪え忍ぶ心が弱ってしまうと困るから」です。『万葉集』以降の歌人は『万葉集』をよく読んでいたと思われるので、二七八八の歌との関連性を感じます。

ここでは「玉の緒」のかかっている「絶え」は「絶える」そのままの意味で使われています。また、「玉の緒」は「魂を身体につないでおく緒」という意味です。

式子内親王は、後白河院の第三皇女で、賀茂の斎王《さいおう》も務めました。新古今集時代の代表的な女流歌人で、藤原俊成の弟子でした。その息子の定家と密かな恋愛関係にあったという説がありますね。定家の『明月記』に初めて内親王に伺候した時の記録があります。治承五年（一一八一）正月三日のことです。

「三条前斎院に参ず。今日初めて参ず、仰せに依るなり。薫物《たきもの》馨香《けいこう》芬馥《ふんぷく》たり」と、彼は「その場に漂う、えもいえぬ薫物の香りをもはや忘れることはできない。二〇歳の春の一日であった」と書いています。

薫物の香りの中で、斎王であり、一〇歳以上年上の内親王に出会った定家にとって、彼女は憧れの存在だったことが、この表現からもよくわかります。それは恋愛感情に発展したかもしれませんが、この二人が恋愛関係にあったかどうかというとわたしは懐疑的です。ですから、式子内親王の歌は定家のことを思って詠ったものではないと直感的に感じました。でも、そうなると相手は誰だったのでしょうか。

相手が誰であれ、『百人一首』で「はい」と気持良く取っていた「玉の緒よ〜」がこんな激しい忍ぶ恋の歌だったなんて、感慨深いです。そんなことを知っていたら、気楽に札をたたけなかったかもしれません。

「玉の緒」の歌はどの時代に詠まれた歌であっても、どの歌も女の情念のようなものが隠れているような気がします。玉の緒は女性が身につけていたものであり、女性の魂と深く結びついていたからでしょうね。

☆☆☆

追記‥

薫物《たきもの》

香をたいて着物、髪、部屋などにしみこませることで、種々の香料を合わせてつくった練香《ねりこう》のことも言います。奈良時代末期から平安時代に上流社会で部屋の臭いを消すために実用化され「空薫物《そらだきもの》」として流行しました。三つ後の「散らまく惜しも」（P122）で長屋王と鑑真のことを書いていますが、鑑真が来日したのは七五三年です。『万葉集』最後の歌は七五九年に大伴家持によって詠われています。よって、薫物はそのころに知られたばかりだったようで、それ以降に薫物が貴族の間に広がったということになります。

玉藻靡かし

たまもなびかし

竹敷の玉藻靡かし漕ぎ出なむ　君がみ船をいつとか待たむ

（原文）多可思吉能 多麻毛奈〈婢〉可之己〈藝〉弖奈牟 君我美布祢乎 伊都等可麻多牟

（仮名）たかしきの たまもなびかし こぎでなむ きみがみふねを いつとかまたむ

一五／三七〇五　玉槻《たまつき》

（意味）竹敷の海の美しい藻を靡せながらあなたの乗る船は漕ぎ出して行く。お帰りをいつと思ってお待ちしたらいいのでしょうか。

遣唐使《けんとうし》は有名ですが、遣新羅使《けんしらぎし》をご存じでしょうか。一般に、七世紀の終わりから新羅に派遣した使節の事を言いますが、七七九年に停止されるまで、合計二八回送られています。遣唐使が二〇回（遣隋使は二回）とされていますので、それよりも多いのです。

新羅は古代の朝鮮半島南東部にあった国家です。六六三年、倭国・百済遺民の連合軍は唐・新羅連合軍との戦いで敗れます。白村江《はくすきのえ》の戦いです。その後、朝鮮半島は新羅が支配することになります。それ以降、遣新羅使を派遣したのです。六七二年、壬申の乱で勝利した大海人皇子（後の天武天皇）は親新羅政策をとり、持統天皇も政策続投します。ただし、新羅が日本に朝貢するという関係で、対等ではありませんでした。

持統天皇は帰化した新羅人や新羅の僧侶、百姓などに土地と食料を給付し、生活が出来るようにしています。ところが、日本へ入京した新羅使が、国号を「王城国」と改称したと事後通告したため、無断で国号を改称した無礼を責め、使者を追い返したのです。新羅が日本と対等な関係を要求したことで関係は悪化し、聖武天皇は真意を確かめるべく七三六年（天平八年）遣新羅使を送ります。遣新羅大使の阿倍継麻呂《あべのつぎまろ》は新羅で非礼な扱いを受けて帰国する途中で病死したと言われています。外交失敗で引責自害したと言う説もあります。

この第二〇回とされる遣新羅使が新羅に向かう途中で詠っている歌が『万葉集』の巻一五に収められています。後で出て来る「ほとほと」（P176）にも書きますが、この巻は遣新羅使の歌と二人の恋人の贈答歌だけで編纂されています。前半（前四分の三）は遣新羅使の歌で一四五首にも及びます。その詠われた地名をたどって行くと遣新羅使がどういう航路を取ったかがわかるので、歴史の上でも『万葉集』は大いに役だっています。（P115地図参照）

夏六月に難波津（大阪南港）を出航し、瀬戸内海を西進し、長門の浦を超え、唐津、壱岐島、対馬へ至っています。対馬に着いたのはもう九月だったらしく、秋の黄葉が詠われています。対馬は朝鮮半島へ一番近い（四九・五キロ）国境の島です。遣隋使も、初期の遣唐使もすべて航海は壱岐と対馬を航路の寄港地としていたようです。この七三六年の遣新羅使は対馬の東側（浅茅の浦）に泊まり、南を回って、西側の竹敷《たけじき》の浦で泊り、新羅国へ渡ったのです。

この最後の竹敷の浦で、一行は停泊します。このときに一八首の歌が詠われています。対馬にはそれらの歌碑が立てられていますが、この対馬は防人の勤務地でもあったのです。わたしには対馬は『万葉集』の島だと思えてなりません。対馬に着く前の壱岐で雪家麿《ゆきのやかまろ》が病死します。すぐ近くに朝鮮半島を眺めながら、遣新羅使や防人たちの心に去来するものは何だったのでしょうか。

一八首の歌は宴席で詠われました。まず、最初に大使の歌（三七〇〇）、副使の歌（三七〇一）、大判官（三七〇二）、小判官（三七〇三）が詠いました。そして玉槻《たまつき》の歌が二首（三七〇四、三七〇五）と続き、また、大使、副使、大使が詠い、その後、その他大勢の歌で合計一八首です。二首以上詠っているのは大使と副使と玉槻だけなのです。

作者の玉槻は対馬娘子と書かれていますが、遊行女婦《ゆうこうじょうふ》（各地をめぐり歩き、歌舞音曲で宴席をにぎわした遊女。うかれめ）であり、遣新羅使が竹敷にとどまったときに、お相手をした女性の一人だったようです。彼女が大使や副使などの後に堂々と歌を詠ったことに驚きを禁じ得ません。

ここでは、冒頭の歌の一つ前の歌を先にご紹介しましょう。

黄葉の散らふ山辺ゆ漕ぐ船の　にほひにめでて出でて来にけり　一五／三七〇四

（意味）紅葉が散る対馬の山辺を通ってゆく船の美しさを愛でながら入港をお迎えにまいりました

この歌も口調がなめらかで大使の歌よりも優れているぐらいです。三七〇四の歌は「みなさまをお迎えします」という歓迎の歌で、三七〇五の冒頭の歌は「順風になれば舟を出して離れて行かれますが、お役目が終わったら帰ってこられる、その日をお待ちしております」という見送りの歌ですね。

わたしは「玉藻靡かし」という言葉に心惹かれました。「玉藻」は「藻」の美称です。ごく身近な海藻を靡かせて船が行くということになります。どの海藻かは特定できませんが、わかめや昆布の類で、ゆらゆら揺れる海藻だと思われます。「海藻を靡かせて」するすると乗り出して行く船が目に浮かびます。これだけの歌を詠えるのはすごいことだと思います。

のちほど、「めづらし」（P２０４）をご紹介しますが、大伴家持は越中の守で、奈良より尋ねて来た田辺福麻呂《たなべのさきまろ》を布施の水海の遊覧に招待しています。そこで歌を詠い合います。その時にも、やはり、遊行女《うかれめ》が同船し、歌を作っています。

わたしは『万葉集』の編集者は大伴家持だと思っていますが、彼の歌の選び方に感心してしまいます。防人の歌の中から防人の妻の歌を採用したり、このような職業の女性の歌も採用しているのです。貴賤、男女を問わず、彼が気に入った歌を収録してくれたこと、現代よりもずっとずっと、歌という分野で女性が評価されていたということです。

この夏、長崎の生月島《いきつきしま》を訪れましたが、名前の由来は遣隋使や遣唐使が帰りにこの島を見たら、「ああ、帰って来た」とほっとして息をついたから「息つき」で、それが漢字で生月に変わったと聞きました。生月島から対馬の方や韓国の方を眺めて、遣隋使や遣唐使、遣新羅使の船を思い浮かべてみました。

☆☆☆

七三六年の遣新羅使は外交に失敗しただけではなく、大使の阿倍継麻呂は死に、副使の大伴三中《おおとものみなか》は次の年の一月に無事帰国したものの、伝染病にかかっていて、拝朝が二カ月も遅れたのです。その伝染病は七三七〜七三九年に猛威を振るった天然痘で、あっけなく藤原四兄弟は死んでしまうのです。悲劇の天平八年の遣新羅使と呼ばれています。玉槻が遣新羅使と再会できたかどうかはわかりません。会えなかったような気がします。

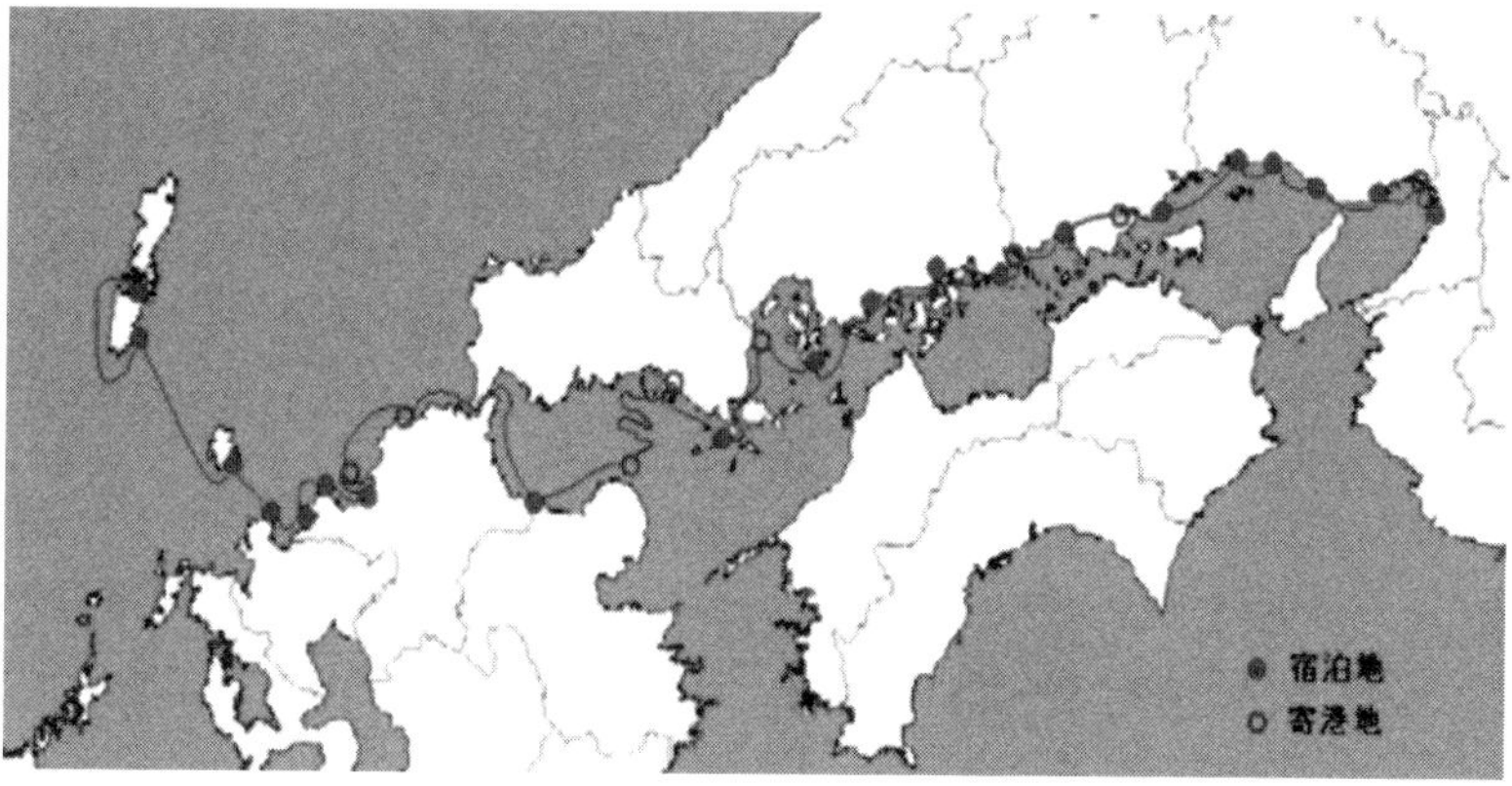

736年の遣新羅使の航路(『万葉集』の歌から)

たよらに

あしがりの土肥の河内に出づる湯の　よにもたよらに子ろが言はなくに

（原文）阿之我利能　刀比能可布知尓　伊豆流湯能　余尓母多欲良尓　故呂河伊波奈久尓
（仮名）あしがりの　とひのかふちに　いづるゆの　よにもたよらに　ころがいはなくに
一四／三三六八　作者未詳
（意味）足柄の土肥の河内（湯河原）に湧き出ている湯のように　ほんとにゆれ動くようには　あの娘は言ってはいないのだが。

足柄下郡湯河原町《あしがらしもぐんゆがわらまち》は神奈川県の一番西に位置し、千歳川をはさんで、お隣は静岡県熱海市です。熱海と同じように温泉で有名ですが、湯河原は『万葉集』ゆかりの地です。東歌《あずまうた》の相模国の歌に温泉の湯と共に詠われています。湯河原には現在でも地名で土肥《とい》というところがあります。万葉公園には冒頭の万葉歌碑もあり、『万葉集』の植物も植えられていました。

また、この町は『万葉集』だけではなく、国木田独歩、夏目漱石、芥川龍之介、島崎藤村、与謝野晶子・鉄幹、谷崎潤一郎など錚々たる文学者が温泉宿を訪れ、また、長期滞在し、執筆をしていたこともあるという文学の香り高い町でもあるのです。彼らが泊った旅館のうちの何軒かは今も当時のたたずまいを残して営業していますが、廃業になった旅館が多いと聞いています。残念なことです。

冒頭の歌の前に東歌のことに少し触れたいと思います。

東国の歌のことで、巻一四は「東歌」の巻です。短歌のみ、二三〇首が収録されています。上総・下総・常陸・信濃・遠江・駿河・伊豆・相模・武蔵・陸奥の国の歌が九〇首、収録されています。東海道諸国を都から近い順に並べ、東山道諸国を同様の順に並べ、雑歌《ぞうか》・相聞歌《そうもんか》・譬喩歌《ひゆか》という順で整然と構成されています。国が不明の歌は相聞歌、防人《さきもり》の歌・譬喩歌・挽歌《ばんか》に分けられています。東歌はすべて作者未詳です。

東国に下った都の貴族らしい歌も見受けられますが、ほとんどが労働や儀式、酒宴の席で地元の人達が詠った歌であり、当時、共有されていた歌謡と位置付けられています。もちろん、反論を述べる人もいます。東歌の特徴として三つあげたいと思います。

一、**労働の場面や身近な動植物などの素材が多い**
二、**健康的で露骨な表現が多い**
三、**方言、俗語など自分たちのことばを使っている**

これらの特徴は多くは民謡の特徴です。素朴で生き生きとして、人々の生活の音や息吹が聞こえてきます。彼らの働く姿や男女の関係がまざまざと浮かんで来て、多少、顔を赤らめたくなる歌もありますが、わたしは東歌が好きです。

東歌の中で一番有名なのは左記の歌でしょうね。「万葉集を楽しむ会」(二〇一四年七～八月)で「麻《あさ》」をテーマにお話したときにご紹介しました。「麻」の字が使われていないけれど、「麻」のことを詠っている歌です。

多摩川にさらす手作りさらさらに　何そこの児のここだ愛《かな》しき　一四／三七三

（意味）多摩川に（麻）布をさらすよ。流れはさらさらとして。さらさらに（いまさら言うまでも無いが）どうしてこの児（娘）がこれほどかわいいのでしょうか。

麻布を川の水でさらしている「さらす」「さらさら」の音のつながりを「さらさらに」につなげるのはかなり「やばい」（魅力的）です。水は冷たいかもしれませんが、健康な働く女性とそれを見る男性の初々しさがほほえましいです。この男性はまだ、思っているだけで彼女に告白していないのでしょう。見守ってあげたい関係ですね。

冒頭の湯河原の土肥の歌は関係がもう少し進んでいます。お互いの気持を打ちあけた後のことでしょう。この歌の「たよらに」に心惹かれます。「たよら」は「たゆら」であり、揺れ動いて安定しないさまを言います。恋の気持を表すにはこの言葉ほど適切な言葉はないでしょうね。相手に対する気持もそうですが、相手の気持はどうなのかしらと思った瞬間から、とてもとても「たよら」になります。

温泉の湯が湧き出している様子を見て、心の「たよら」を歌にするなんて思いもよりません。湯河原町民の先祖は相当、歌の才能があったと思われます。また、湯河原の町の人は『万葉集』に興味のある方が多いようです。

わたしは六年前に湯河原のある旅館の経営コンサルタントをしていました。その時に、『万葉集』ゆかりの地に注目して、集客対策のひとつとして始めたのが、「あいざいやゆうと万葉集を楽しむ会」だったのですが、湯河原の町の方がたくさん参加してくださいました。湯河原教室の参加者は今や、近辺の小田原、熱海、大磯、伊豆の国、遠いところでは富士市に住んでいる方にまで及んでいます。

その後、教室が増え、横浜、兵庫県の上郡町、赤穂市、東京、群馬県の太田市と広がりました。群馬県の太田市も『万葉集』ゆかりの地です。横浜の友人が太田の酒造会社に嫁入りしたのですが、そこでは「新田山《にいたやま》」と言うお酒を作っているのです。「これ、『万葉集』の山ですね」そんなこともあり、「万葉集を楽しむ会」を開くことになりました。「新田山」は二首詠われていて、現在の金山です。紙面の関係で一首のみご紹介します。

しらとほふ小新田山《おにいたやま》の　守《も》る山のうら枯れせなな常葉にもがも　一四／三四三六

（意味）新田山の木は山守がいて守っているので、梢も枯れずに青々としている。お前も、いつまでも、若々しく、美しくあって欲しいものだ。

これは土肥の歌よりさらに関係が進んでいて、もう、「たよら」の段階は通り越して、彼女、または妻に対して、若く美しくあって欲しいと願う歌ですね。でも、それを守っているのは「俺様じゃ」と言っているようで、「はい。まいりました」と言いたくなります。思わず笑いが出てしまいます。これも見守ってあげたい関係ですね。身近な友人の恋愛を見守ってあげたいと思うのと同じです。

★
☆
☆

こんな風に東歌を一首一首みていくと現代的だと思います。楽しいです。心が豊かになります。

散らまく惜しも

ちらまくおしも

味酒三輪のはふりの山照らす　秋の黄葉の散らまく惜しも

（原文）味酒 三輪乃祝之 山照 秋乃黄葉〈乃〉散莫惜毛

（仮名）うまさけ みわのはふりの やまてらす あきのもみちの ちらまくを しも

○八／一五一七　長屋王《ながやのおおきみ》（ながやのおう）

（意味）三輪神社のある山を照らすばかりに色づいた秋のもみじの散ることの惜しまれることよ。

『万葉集』には音の響きが良くて、意味や使い方などがいかにも『万葉集』らしい言葉があります。そんな言葉にでくわすと、北海道に住んでいたころ、林の中で野苺の群生を見つけたときと同じだと思いました。秘密にしておきたい気持と、「わたしが見つけたのよ」と誰かに自慢したい気持ちです。「散らまく惜しも」は「わたしが見つけた言葉」と言うより、「少し秘密にしておきたかった言葉」です。

日頃から、『万葉集』をもっと身近に楽しんでもらいたいと願っているのですが、楽しくない元凶は文法のようです。そのため、文法的なことは載せないつもりですが、「散らまく」は少しだけ説明させてください。

「散らまく」の「まく」は推量の助動詞の未然形（「まだそうではない」という意味）の「む」があり、それに「く」がつき「むく」となり、それが「まく」に変化したものです。語尾に「く」がつくと名詞になります。「散らまく」の意味は「散るであろうと思われること」（まだ散っていない）です。

末尾に「く」や「らく」をつけるのを「ク」語法と言いますが、平安時代以降は化石化したと言われているので、「散らまく」はまさに『万葉集』らしい言葉ですね。ただ、「ク」語法は現代語にも残っているのでうれしいです。「願はく」「曰《いわ》く」「すべからく」そして、「思わく」(「思惑」は当て字)などです。意味は「願うこと」「言うこと」「すべきこと」「思うこと」ですね。

「体《てい》たらく」は「体《てい》たり」のク語法なので、当時は単に様子やありさまの意味しかありませんでした。それが現在、「体たらく生活」＝ひどい生活とか言って、悪い意味に使われるようになりましたが、古語辞典に載るれっきとした「ク」語法の言葉です。

ここで長屋王の話に入ります。「言《こと》とはぬ《とわぬ》」のところで触れましたが、彼は天武天皇の息子の高市皇子の長男です。高市皇子は「立ちよそひたる(P97)」で山吹の歌を詠った人ですね。父親の血を引き、政治家としても優れていた長屋王は藤原不比等が政界のトップに躍り出た時に、その次の位でした。不比等死後はトップの位に立ちますが、藤原四兄弟と対立するようになり、謀反を密告され「長屋王の変(七二九年)」で命を絶ちます。

その八年後(七三七年)、藤原四兄弟は次々と天然痘で世を去りますが、長屋王の祟りだと噂されました。『続日本紀』に「誣告《ぶこく》(故意に事実を偽って告げること)」と記載されています。「三世一身法」に大きく関与し、新羅からの使者を自邸に迎えて盛大な宴会を開いたり、漢詩が『懐風藻』に載っていたりしますので、有能な人物だったことがわかります。

一方、彼は熱心な仏教徒で、大般若経全巻の書写（「長屋王願経」）という大事業を二度行なっています。また、唐の仏教界に千枚の袈裟《けさ》を贈りました。それには次の文字が縫いとりされていました。

「**山川異域、風月同天、寄諸仏子、共結来縁**」（山川、域を異にすれども、風月、天を同じゅうす。これを仏子に寄せて、共に来縁を結ばん）

（意味）中国と日本、国は違うけれども、風や月は同じ空のもとにある。この袈裟を寄進して仏のご縁を結ぼう。

この寄進は唐の仏教界に知れ渡り、日本からの使いの僧が鑑真に弟子派遣を懇願したとき、鑑真は弟子を集めて、長屋王のことを語り、「日本は仏教に有縁の地である」と、有志を募ったのです。誰も手を挙げず、鑑真みずから渡日を決意しました。長屋王の「共結来縁《きょうけつらいえん》」の袈裟の話は鑑真の伝記『唐大和上東征伝』に書かれていて、鑑真に渡日を決意させた言葉として知られています。

一〇年に及ぶ多難の航海後、鑑真が日本にたどりついたのは天平勝宝五年（七五三）一二月二〇日のことでした。長屋王死後、二四年が過ぎていました。長屋王が生きていれば、どれほど喜んだことでしょうか。

わたしが香道の道に入り、お香の歴史を学んだ時に、鑑真が経典と共にたくさんの「お香」を持ち込み、それが日本の香文化を広げるきっかけになったと知りました。長屋王の寄進がこんな風につながっていたのだと感動いたしました。

それではここで冒頭の歌に戻ります。「山を照らす秋のもみじ」を眺めている長屋王を想像してみてください。

散りゆくもみじを詠っているのではなく、まだ、散っていない盛りの黄葉を見て、いずれは散ってしまうだろう黄葉を想像して、散るのは惜しいものだなあと詠っているのです。熱心な仏教徒であれば、自分は現在、政治の中心にいても、いつかは死ぬと言うことを覚悟していたように感じられます。それが思いがけなく早く来てしまったのですが……。

「惜しも」の「も」は詠嘆の「も」です。『万葉集』で「散らまく惜しも」一一首、「も」のない「惜し」を入れるともっと多くなります。「惜し」はすでに手にしているものが大事で手放せない、失ったりこわれたりするともったいないと言うような意味で使っていました。『万葉集』で散るだろうことが惜しいと詠われているのは黄葉、桜、梅、萩、おみなえし、馬酔木などです。

謀反を誣告され、自害で散っていった長屋王。謀反を訴えられたとき、どれほど多くの人が「散らまく惜しも」と嘆いたことだろうかと思うと胸が痛みます。でも、ここで、長屋王のお話をしましたので、多くの読者が共感してくださったことと思います。唐招提寺を訪れることがありましたら、鑑真と長屋王のことを思い出してくださいね。

☆☆☆

つらつら椿

巨勢山のつらつら椿つらつらに　見つつ偲はな巨勢の春野を

（原文）巨勢山乃 列々椿 都良々々尓 見乍思奈 許湍乃春野乎
（仮名）こせやまの　つらつらつばき　つらつらに みつつしのはな こせのはるのを
〇一／〇〇五四　坂門人足《さかとのひとたり》
（意味）巨勢山のたくさんの椿たちよ。春に椿がたくさん咲く巨勢の野を見たいものだ。

もし、わたしが認知症になって、ほとんどの言葉に反応できなくなってしまったときを考えると、この歌に出会って幸運だったと思うにちがいありません。そもそも記憶とは覚えて、保管し、その保管した情報を必要な時に出せることなのです。その保管した情報を必要な時に出せるのは、いかに覚えて保管していたかにかかっていると思われます。

たとえ、自分の名前や住所を言えなくなったとしても、もし、誰かが椿を見せてくれたら、この歌がすらすらと口から出てくるだろうと確信を持って言う事ができます。この歌に出会ったのは高校生の時です。音の美しさ、リズムの軽やかさ、そして、立ち並ぶ椿の光景。一目ぼれしました。声に出して読んでほれたので、「一読ぼれ」と言った方がいいかもしれません。その日から、この歌は数えきれないほど口にしてきました。椿を見ると必ず自然と口に出てきます。椿を見なくても何かの拍子に出て来て、何か安心感を感じるのです。

わたしは大学に入学した時に父母の元を離れましたが、高校生のころは家事手伝いをさせられていました。母が生命保険の仕事をしていたので、夕食後に集金にでかけることが多かったからです。当然のように夕食の食器洗いはわたしの仕事でした。それは正直嫌いでした。そこで、楽しくするために好きな詩や短歌を口ずさむことにしたのです。この歌はそれにぴったりでした。食器を洗いながら「つらつら椿つらつらに」と、勝手に節をつけて楽しんでいました。そうすると作業も「つらつら」と進み楽しくなって来たのです。洗う食器が少ない時は「もっと欲しい」と願ったぐらいです。いつのまにか食器洗いが趣味のようになったのです。わたしにとって。そのとき口ずさんだ歌は「労働歌」（労働のときに歌う歌）になっていたのです。

大学生になって、この歌を少し深く勉強しました。「え。そうだったの！」と驚くことがありました。それは題詞に次のように書かれていたのです。

大寶元年辛丑秋九月太上天皇幸于紀〈伊〉國時歌

大寶元年（七〇一年：文武天皇）秋九月太上天皇（持統天皇）が牟婁《むろ》の温湯（現在の白浜温泉）へ行幸するときに奈良の巨勢あたりで歌った歌。

なんと、この歌は秋に詠われた歌なのです。「椿咲いていないやんか」歌の意味を考えずに、音の美しさだけで数えきれないほど、口にしてなじんできた歌なのです。複雑な気持になりました。何となく、巨勢山にたくさん咲いている椿を見ながら、いとしい人を偲んでいるような感じに解釈していました。しっかりと歌を見ると春を偲んでいるのがわかるのですが。

秋の持統天皇の行幸の際に奈良の巨勢を通ったのです。椿で有名な巨勢では緑に輝く椿が連なっていたのを見て、「春にはどんなすばらしい花が咲くのだろう」と思ったのでしょう。現在、奈良県の御所《ごせ》市に巨勢神社跡がありますが、そのあたりは天智天皇のころまで、巨勢氏が権力を持っていました。天智朝で要職についていたので、壬申の乱の後は一族がほとんど流罪にあって勢力を一気に弱めます。よって、持統天皇がこの地を通るころの巨勢はさびれていたと思われます。椿だけが生き生きとしていたのかもしれません。

「つらつら椿」ですが、「列ら列ら椿」で連綿と連なった椿と訳されていますが、わたしは「つややかな椿」のような気がします。葉っぱがつやつやしていて、葉っぱだけでも存在感のある椿です。横浜に引っ越して来るまで西宮市に一六年ほど住んでいましたが、頻繁に奈良を訪れました。椿をみると「つらつら椿」を友人に説明したものです。横浜に来てからも一年に一度は必ず、奈良に行きます。ほとんどが夫と一緒なので、夫にしか説明できないのですが、「万葉集を楽しむ会」のみなさんと一緒に行く日を楽しみにしています。

この歌にほれてしまったリズムの良さは同じ言葉が繰り返されることにあります。「つらつら」と「巨勢」が二回も使われています。短歌は三一文字しかないので、できるだけたくさんの情報を入れて表現したいと思うものなのですが、この歌はそれをなんとあっさりと退けていることでしょうか。この潔さがいいですね。最近の短歌は情報てんこ盛りで音の美しさは元より、情緒も余韻もないのが多くて残念です。

ところで、「つらつら椿」の歌は『万葉集』にもう一つあります。

川上のつらつら椿つらつらに　見れども飽かず巨勢の春野は

春日蔵首老《かすがのくらのおゆ》　〇一／〇〇五六

（大寶元年辛丑秋九月太上天皇幸于紀〈伊〉國時歌）或本歌

と題詞がありますので、こちらの方が先に詠われたようです。この歌は「川」が出てきて、また、見ても飽きないという気持が入り、雰囲気が違って味わいがありますね。椿（の葉）は川にも似合います。でも、どちらが好きかと聞かれたら、やはり、認知症になっても言える、高校生の時の「労働歌」の方ですね。

★★★

つるはみ

橡

紅はうつろふものぞ　橡のなれにし衣に　なほしかめやも

（原文）久礼奈為波 宇都呂布母能曽 都流波美能 奈礼尓之伎奴尓 奈保之可米夜母
（仮名）くれなゐは うつろふものぞ つるはみの なれにしきぬに なほしかめやも
大伴家持　一八／四一〇九
（意味）紅で染めた衣はきれいでしょうが、色があせやすいものです。橡で染めた衣は地味でも慣れ親しんでいるので、やはり良いものです。

つるはみ（橡）というのはクヌギの木のことです。わたしは子供のころ、「カブトムシの木」と呼んでいました。雑木林や里山にある馴染みの木で、コロンとしたどんぐりがかわいらしく、よくそれで遊んだものです。まさか、「カブトムシの木」が「つるはみ」または「つるばみ」と呼ばれていて、草木染めとして使われていたなんて想像できませんでした。

クヌギの木の樹皮やどんぐりで染めたのが「つるはみ(つるばみ)染め」です。「つるばみ色」と言うと鉄媒染で染めた黒っぽい色を言いますが、それは「黒つるばみ」と呼ばれています。媒染によって色が違ってくるので、「黄つるばみ」「白つるばみ」「赤白つるばみ」「青白つるばみ」なども日本の伝統色に微妙な色として登場します。

平安時代初期ごろまで「つるばみ染め」は身分の低い人の衣装でした。それはクヌギが庶民にとって容易に手に入り、麻に染めることができたからです。平安中期ごろから四位以上の公家の衣装・袍《ほう》に用いられ、高貴な色となり、仏教の広がりと共に法衣、喪服にも使われるようになりました。おそらく、平安時代になると染色技術が進み、絹に染めると微妙な美しい色が出てきたからでしょう。成分にタンニンが含まれており、防虫効果があり、糸と布を長持ちさせることができたので、地味な色ですが信頼できる色だったということでしょう。

一方、紅ですが、「紅にほふ（P70）」の項で説明したように、ベニバナで染めた色、衣裳の事を言います。ベニバナで染めるとピンク系の色に染まります。つるばみと比べると華やかな色ですね。でも、赤に近い色を出そうとすると大量のベニバナを使い、何度も何度も染める作業を続けないといけません。とても高価なものでした。ですから、そこまで染めずに利用していました。「ベニバナ染め」が「つるばみ染め」に比べて、どれぐらい色が褪せたのかわかりませんが、「褪せる」ことに関しては「褪せにくい」つるばみの勝ちということになっています。

この歌はこのまま読むとベニバナ染めとつるばみ染めを単に比較しているように見えますが、実は愛人と連れ添った妻とを比べているのです。そして、愛人に比べれば地味だが妻の方がいいものですよと言っているのです。それを書いた重要な題詞があります。長いので省きますが、かいつまんで説明すると次のようになります。

史生尾張少咋《おわりのおくい》を教え諭す歌一首と短歌。『七出例』に言う、「このうちの一か条でも犯せば、ただちに妻を離別してもよい。この七条に該当する事実もないのに軽々しく捨てた者は、一年半の徒刑に処する」と。～中略～したがって義夫の道とは人情として夫婦は平等とする点にあり、ひとつの家で財産を共有するのが当然である。どうして古い妻を忘れ新しい女を愛

する気持ちなどあってよかろうか。そこで、数行の歌を作り、古い妻を捨てる迷いを後悔させようとするものである。

つまり、この歌は上司である家持が部下の尾張少咋が遊女に入れあげているのを諭している歌なのです。部下思い（？）の説教の歌です。それにしても、ずいぶんと道徳的だと感心してしまいます。この時期、どうも、「妻」の立場は守られていた、守られるべきと思われていたということでしょうね。その後、この部下は悔い改めたのでしょうか。単なる浮気で済んだのでしょうか。その説教中に都からやって来た本妻が愛人の家に馬で乗りこみ、町中が大騒ぎになったというおまけがついています。

これは大伴家持が越中守の時代に詠った歌ですが、ずいぶんと余裕のある歌です。『万葉集』に収録されている大伴家持の全四七三首の中で、二二三首がこの時代に作られたのです。年齢的（二九歳から五年間）にも環境的にも意欲的で充実していた時代だったと思われます。何よりも奈良とは違う越中の自然と生業に歌心を駆り立てられたことでしょう。

その時代に詠われた大伴家持の歌を見ると、まさに才能が花開いた全盛期だったことがうかがえます。わたしはこの時代の家持の歌に日本海の持つ抒情を感じます。内容的にも格調高い歌もあれば、悲嘆にくれる歌もあれば、このように面白い歌もあります。尾張少咋には申し訳ないけれど、この歌には思わず笑ってしまいますね。

男女の関係は今も昔も変わらないというのもよくわかります。立派な奥さんがいるのに浮気をしている男性がそばにいたら、そっと、この歌をプレゼントしてあげてください。「何、これ」と言われるかもしれませんが、多少の抑止力にはなると思われます。

★★★

義之《てし》

標結ひて我が定めてし　住吉の浜の小松は後も我が松

（原文）印結而 我定義之 住吉乃 濱乃小松者 後毛吾松
（仮名）しめゆひて わがさだめてし すみのえの はまのこまつは のちもわがまつ
〇三／〇三九四　余明軍《よのみょうぐん》
（意味）標《しめ》を張って我がものと定めた住吉の浜の小松。この松は将来とも私の松なのですよ。

この歌は原文がないと、話が進まないので、原文をご覧ください。万葉仮名の六番目と七番目「義之」ですが、これを仮名では「てし」と読ませています。「ぎし」と読んでも、「てし」とは読めないですね。最初に疑問を抱きました。それもそのはず、これは長い間、なんと読むかわからなかった難読のひとつだったのです。

『万葉集』には今でも原文が読めないままの謎の歌があります。巻一の「籠《こも》よ」から読み始めて、「大和には」と続き、八番の「熟田津《にぎたず》に」まで、解釈を参考に気持良く読んでいけます。ところが、すでに九番の額田王の歌で、はたと立ち止まってしまいます。**「莫囂圓隣之大相七兄爪謁氣」**を何と読み解いたらいいのかわからないので、訓読が万葉仮名のままになっています。多くの人が解読を試みましたが、まだ、定説に至っておりません。

（原文）莫囂圓隣之大相七兄爪謁氣 吾瀬子之 射立為兼 五可新何本
（訓読）莫囂円隣之大相七兄爪謁気　我が背子がい立たせりけむ　厳橿が本
（仮名）＊＊＊＊＊＊ わがせこが いたたせりけむ いつかしがもと

冒頭の歌も長い間、そのような「なんて読んでいいのかわからない」と言う歌でした。それが、画期的で説得力のある解読が登場し、それが定着したのです。でも、それまでに一〇〇〇年以上が経過しています。それではその功労者に登場してもらいましょう。

歴史の教科書に必ず出て来る本居宣長《もとおりのりなが》です。江戸時代の国文学者ということで、試験に出て来ることが多かったので、漢字を覚えるために「ほんきょせんちょう」と音読みした人もいると思います。彼は『古事記』の解読に成功したことで有名ですが、『源氏物語』の中にみられる「もののあはれ」という日本固有の情緒こそ文学の本質であると提唱したことでも知られています。

本居宣長は『万葉集』の解読にも挑み、次のように根拠を説明しています。

「義之」は「てし」と訓むべきで、「義」は「羲」の間違いであって、中国の「王羲之：おうぎし」のことである。王羲之の書が名高いことは、わが国でも古くからこの人の書を重んじ、賞賛し、この人のことを「手師《てし》」と書いた。また、「大王」も「てし」と訓むべきである。王羲之の子に王献之という、一流の書家がいて、親子を区別するために父を大王、子を小王といい、大王は王羲之のことであり、これも「手師《てし》」である。

つまり、「義之」も「大王」も「てし」と読むとしたのです。王羲之→書家→手師→てしとする、その直感力、推理力はすばらしいです。書のことを手というのは『日本書紀』に書博士を手博士、手書きと書かれているので、根拠もあります。

三重県松阪市に本居宣長記念館があります。以前の仕事の関係で、二ケ月に一回、松阪のホテルに泊っていましたので、何度も訪れたことがあります。展示室では『古事記伝』などの自筆稿本や遺品、自画像などを見ることができます。資料を見て驚きました。徹底した実証主義であったことは知られていますが、まあ、小さい字で事細かに書かれていて、研究の跡がうかがえます。『古事記』の解読は元より、『万葉集』の解読も単なる思いつきや直感力だけではなく、古典への情熱と古典の知識があったからだということが、実感として伝わってきます。

それでは、はれて「てし」と解読された歌をみてみましょう。作者は余明軍《よのみょうぐん》で、百済《くだら》王族系の余氏の渡来人と推定されています。巻三には、天平三年（七三一）大伴旅人《おおとものたびと》が死去したときの挽歌五首があります。旅人の資人《つかいびと》（＝従者）と書いてありますので、旅人の部下でも下のその他大勢の一人だったようです。旅人の息子である家持に宛てて、二首の短歌もありますが、別れの悲しさを詠っています。旅人は部下思いの温情深い人だったと言うことが、これらの歌からもうかがえます。

冒頭の歌はそれらの挽歌や離別の歌と違って、心を打つような歌ではありませんが、本居宣長が「てし」を解読したということは、逆に余明軍は、てし↓手師↓書家↓王羲之↓羲之と考えて、「てし」に「羲之」をあてはめたことになります。

『万葉集』の中で「羲之」と「大王」を使用している歌はまだ他にもあります。「羲之」は他に四首、「大王」は三首見つけることができます。巻三から巻一一におよびますので、当時、この使い方は決して、特別なものではなかったようです。また、すべてにおいて、それを「てし」と読んで、何の違和感もないのは、その読みが適切な読みだったということになります。

後述する「憎くあらなくに」（P150）もご参照いただきたいのですが、『万葉集』にはこのように漢字の音や意味にとらわれず、文字遊びのような表記があります。戯書《ぎしょ》（たわむれがき）と言いますが、共通の認識や知識がなければ単なる独断的難解表現になりますね。今の時代、書家の王羲之を知っている人はどれだけいるでしょうか。

☆☆☆

年深み　としふかみ

いにしへの古き堤は年深み　池の渚に水草生ひにけり

（原文）昔者之 舊堤者 年深 池之瀲尓 水草生家里

（仮名）いにしへの ふるきつつみは としふかみ いけのなぎさに みくさおひにけり

○三／○三七八　山部赤人《やまべのあかひと》

（意味）古《いにしえ》の古い堤は何年も経ってしまって、池の渚に水草が生えてしまいました。

大学生のころ、山部赤人の世界に憧れました。当時、一番好きだった万葉歌人だったと言えます。それは『万葉集』の歌の中で一番最初に知ったのが富士山の歌だったことも影響していると思います。『百人一首』の話を「玉の緒」（Ｐ１０２）でもいたしましたが、小学校六年生の時に覚えた『百人一首』の「田子の浦〜」「富士の高峰に〜」はわたしの十八番《おはこ》のひとつでした。

中学校に入って国語の時間にこの歌が出て来た時に、『百人一首』と違っていたので、先生に質問しました。そのときの答えは「『万葉集』と『百人一首』は違うものだから」と言うだけで、詳しい説明はありませんでした。わたしは直感的にどちらが好きかを決めたがる性質《たち》なので『万葉集』の歌の方がいいなと思ったのです。音の流れがいいから『万葉集』の方と判断した記憶があります。

その後、この二つを自分なりに比べて、考えなおしてみました。そのあたりのことは、わたしの二作目の本『千日紅の咲きし宿の湯』の「富士山」（P207）に書いていますので、機会がありましたらそちらもお読みいただければうれしいです。ここでは富士山の歌ではなく、水草の歌の方に焦点を当てます。でも、紙面が許せば、富士山の歌に戻りたいと思います。

冒頭の歌についてですが、この歌をお読みになって、みなさんはどう感じられたでしょうか。わたしはまだ、赤人のことをよく知らないときだったので、「何の変哲もない歌やなあ」と思いました。古い堤が年を経て、池に水草が生えてきたっていうだけでしょう、ピンと来ないなあと。ただ、「年深み」という言葉が妙に気に入りました。「年月って長いとか、短いとか言うのに深いって面白いなあ」と。そして、不遜にもこの歌でいいのはここだけかもと決めつけました。

その後に題詞があることに気がつきました。

山部宿祢赤人詠故太上大臣藤原家之山池歌一首
山部宿禰赤人、故太政大臣藤原家の山池《しま》を詠む歌一首

この歌は故太政大臣藤原家、すなわち故藤原不比等《ふじわらのふひと》の家の山池を詠んでいるのです。藤原不比等は養老四年（七二〇）八月三日に亡くなっています。「堤」は川の堤ではなく、人工的に作った池の外側の石などのことです。その池は「いにしへ」の時代に作ったのですが、今はもうその主はいないのに水草が生い茂ってきたと詠っているのです。

それを知ると、風景はそのままなのですが、何の変哲もないと思っていた歌ががらっと変わってきます。その池に立っている赤人は荒廃した池の渚（波打ち際）に茂ってきた水草を眺めながら、不比等が元気であったころを偲んでいます。時はすでに一〇年以上がたってい

るのです。それが「年深み」です。この歌は単に古さびれた池を詠っているのではなかったのです。それもそのはずです。庭に作った山池は川や海と違って、人と共にある（あった）わけですから。

そこではっと気がついたのですが、この歌は自然の姿を淡々と詠っているように見えて、その裏に、人を述懐したり、追慕したりしている様子が浮かんできます。歌に人は登場しませんが、その歌をじっくり読んでいると、そこに人間の姿があり、時の流れを感じさせるのです。「いにしえ」と「年深み」を重ねることによって、さらに時の流れに深みが出てきます。わたしが気に入った「年深み」は案外、この歌の主題だったのかもしれないと、直感力も捨てたものではないと自分をほめてやりたくなりました。

山部赤人は生没年未詳です。制作年がわかる歌はすべて聖武天皇代のものです。神亀元年（七二四）の紀伊国、吉野、難波、同二年の播磨国印南野、天平六年（七三四）の難波、同八年の吉野へと、それぞれの行幸に従駕し、土地讃《とちほ》めの歌を作っています。伊予温泉、勝鹿真間（「真間の手児名」Ｐ１９３参照）、田子の浦などの歌があるので、広く各地を旅していたことがわかります。下級官人であったようですが、冒頭の歌からも藤原氏と深い関係があったと思われます。『万葉集』に五〇首が載せられています。

赤人と言えばもうひとつ人気のある「春の野のすみれ」の歌がありますね。すみれを女性に例えたりする解釈がありますが、古代の人と植物との関係を考えると、すみれを摘むこと自体に、何か神聖なものを感じます。すみれをそのまま、すみれとして解釈したいです。

春の野にすみれ摘みにと来し我ぞ野をなつかしみ一夜寝にける　八／一四二四

（意味）春の野に菫を摘みにやって来た私は　その野に心引かれ離れ難くてとうとう一夜を過ごしてしまいました。

紙面は中途半端に残りました。「富士山」の歌に戻れるようです。「紙面が許せば」なんて、もったいをつけましたが、心は絶対戻って説明しようと決めていたのです。まるで恋心のようです。それでは戻ります。有名な「田子の浦」の歌ですが、これは実は反歌なのです。これだけを抜き出して鑑賞したらだめなんです。だから、その前の長歌と反歌を続けてご紹介します。この歌は赤人らしさが十二分に出ていて、わたしの大のお気に入りの長歌です。

天地の 別れし時ゆ 神さびて 高く貴き 駿河なる 富士の高嶺を 天の原 振り放け見れば 渡る日の 影も隠らひ 照る月の 光も見えず 白雲も い行きはばかり 時じくぞ 雪は降りける 語り継ぎ 言ひ継ぎ行かむ 富士の高嶺は 〇三／〇三一七

（意味）天地のはじめに分かれた時からずっと神々しくも高く貴い駿河の富士の高峰を、天遠く振り仰いで見れば、空を渡る日も富士の影に隠れ、照る月の光もさえぎられて見えず、白雲も行く手を阻まれ、時もなく雪は頂に降り続いています。これから先も語り継ぎ、語り継いでいきましょう。富士の高嶺を。

田子の浦ゆ うち出でてみれば 真白にそ 富士の高嶺に 雪は降りける 〇三／〇三一八

（意味）田子の浦を通って出てみると富士山の高いところには真っ白い雪が積もっていました。

「天地《あめつち》の 別れし時ゆ 神さびて 高く貴き 駿河なる」読みあげると、ここだけで心が震えます。この中で、特に「ゆ」が魅力的です。これは起点を表わす格助詞と言われていて、ここでは時間的な起点なので「～から」と訳されています。反歌の方にも「ゆ」（田子の浦ゆ）が出て来ますね。こちらは空間的な起点を表すので「～を通って」と訳されています。この「ゆ」

にはうっとりしてしまいます。長歌と反歌の両方に「ゆ」（時間と空間）を使っているのは、清澄な土地賛めの歌に広がりと余韻を持たせています。

さて、富士山ですが、赤人が富士山を見たころ、富士山は活火山で盛んに噴煙をはいていたそうです。その豪快な富士山に白い雪が積もっているのを想像してみてください。その後に続く反歌はそういう富士山であることを知って読むと、美しく清々しいだけではなく、力強いです。これぞ赤人の真骨頂です。

「語り継ぎ、言い継ぎ行かむ」と詠った赤人が、世界遺産に登録された富士山をどう思うのか想像すると手放しでは喜べないかもしれません。でも、時を超えて、そこにある富士山を見ていたと思うと感慨深いですね。赤人のように時間と空間を感じさせる歌人は他には見つけられません。だから、わたしは赤人を「時空の歌人」と名付けています。

赤人の世界に憧れたわたしの「いにしえ」の心は「年深み」ですが、今も変わっていません。

☆☆☆

憎くあらなくに

若草の新手枕をまきそめて　夜をや隔てむ　憎くあらなくに

（原文）若草乃 新手枕乎 巻始而 夜哉将間 二八十一不在國

（仮名）わかくさの にひたまくらを まきそめて よをやへだてむ にくくあらなくに

一一／二五四二　作者未詳

（意味）新妻の手枕をし始めてから　夜離《よが》れをしようことか　憎くはないのに。（愛しくて逢いたくてしょうがない）

「はじめに」で書きましたが、『万葉集』の原文は漢字で書かれています。訓読された歌を読んでから、原文を見たときのことですが、その漢字を見たとき「こんなのあり?!」「これでは国語の試験は通らんわ」と驚きと疑問の混ざった複雑な気持になりました。それがいつしか、その漢字の自由奔放さ、多様性、機知、遊び心にすっかり魅了されてしまいました。もっとも、どの漢字を使うかは多少のルールがあったようですが。

この歌の原文の最後の「二八十一不在國」を見てください。これで「にくくあらなくに」と読みます。「不在国」は「あらなくに」と読めないことはないですが、「二八十一」はなんぞやですね。これは算術の九九から来ています。九九八十一《くくはちじゅういち》ですので、八十一と書いて「くく」と読むのです。そうすると、「にくくはあらなくに」と読めますね。ぶったまげた人もいるでしょうが、今はやりのキラキラネームといい勝負でしょう。

当時、日本では文字がなかったので、自分たちの表現したいことを漢字で残すことにしたのです。『万葉集』では歌を漢字に代える時に意味を現わす漢字（表意文字）にしたり、そのまま音を当てはめたり（表音文字）、漢文の様式をとったり、工夫しています。もし、音を大事にして、一字一字を漢字に当てはめると短歌だと漢字は三一字になり、やたら長くなりますが、そんな例もあります。そのようにいろいろな方法で表現したため、「義之《てし》」（P138）で説明したように、いまだに一部、訓読ができない歌もあります。

八十一で「くく」と読むのですが、十六を「しし」、二五＝十で「とお」、二二や重二を「し」と読ませるのです。面白いのは二二四（ににんがし）です。二二は「し」と読むのですが、これは音がひとつなのに漢字が二つになります。これを使用したら、なんと短歌の万葉仮名は三二文字になる可能性が出てきます。これも「義之」で説明した戯書《たわむれがき》のひとつです。

「憎くあらなくに」を愛《いと》しいと訳しています。原文に「愛」と言う字が出て来ますが、訓読では「うつくし」か「うるわし」です。この「うつくし」には夫婦間の愛情や親が子に対する愛情を現わす言葉だったようです。左の歌は大伴旅人が妻を亡くして詠った挽歌ですが、まさに夫婦の愛を感じさせます。

愛《うつく》しき　人のまきてし　敷栲《しきたえ》の　我が手枕　まく人あらめや　〇三／四三八

（意味）いとしい妻が巻いて寝た私の手枕を　枕にして寝る人がいるだろうか（いるはずがない）

また、愛と言う字は愛《めぐ》しや愛《いと》しと読む場合もありますが「かわいい」と言う意味で「愛している」とは違っています。平安時代になると、「愛《うつく》し」はちいさくてかわいくて、奇麗なものを言うようになります。「愛《めぐ》し」や「愛《いと》し」にはかわいそうだと言う意味にも使われていました。

また、「恋し」「恋ふ」と言う言葉は好きな人に逢えないときに寂しい、辛いと感じる心情を表現する言葉で、現代語の「好き」とはかなり違います。そうであれば、あなたのことを「愛している」とか「好き」だと言うのはどう表現されたのでしょうか。それが「憎くない」だったように思います。「憎くもあらなむ」（憎くはないことだなあ）の表現が『万葉集』には五首ありますが、「好きだ」と言い換えてもまったく問題ありません。

大海人皇子（後の天武天皇）が額田王の「あかねさす〜〜」の返歌で詠った、みなさんよくご存知の歌にも「憎く」が使われています。

紫草のにほへる妹を憎くあらば　人妻ゆゑに我恋ひめやも　〇一／〇〇二一

（意味）紫のように美しいあなたを憎く思うのなら人妻なのにどうしてこんなに想うものでしょうか

あまりにも有名な歌ですが、「憎くあらば」に違和感を持った人もいると思います。憎くは思っていないからこそ、あなたのことを想うのですと反語的表現だと聞いてもわかりにくいですね。

こんな風に言い変えてみたらどうでしょう。「紫のように美しいあなたを好きでないとしたら人妻なのにどうしてこんなに想うものでしょうか。あなたのことが好きだからこんなに想うのですよ」少し、わかりやすくなりましたが、味わいがすっかり消えてしまいますね。ただ、わたしはこの歌は恋の歌だとは認識していないので、これ以上は深入りはやめますね。

「好き」という言葉はものごとが気に入って熱中することで、趣味や芸道など、ものやことに対して使う言葉です。「人」に対して使われると「恋」になりますね。「好き」という言葉は『万葉集』では見つかりません。『源氏物語』には「好き」が出てきますので、おそらく、平安時代に生まれた言葉なのでしょう。

「憎くあらなくに」はいかにも『万葉集』的な言葉と言えましょう。

☆☆☆

はしきやし

我が心焼くも我れなり　はしきやし君に恋ふるも我が心から

（原文）我情 焼毛吾有 愛八師 君尓戀毛 我之心柄
（仮名）わがこころ　やくもわれなり　はしきやし きみにこふるも わがこころから
一三／三二七一　作者未詳
（意味）私の心を嫉妬で焼くのも私、あの人に恋い焦がれるのも私の心……。

『万葉集』は二〇巻あって、約四五〇〇首の歌が収められています。その中には相聞《そうもん》と呼ばれている恋の歌が数多くありますが、感情の高ぶりを抑えたような歌、または密かに思い続けているというような歌がほとんどです。万葉の時代の恋はおおらかで、嘆息はしますが、比較的、男女の間は穏やかに過ごしていたような印象がありますね。でも、恋心と言うのは何年たっても変わらないなと『万葉集』を読んでいるとつくづく感じます。一三〇〇年以上たっても、その古さを感じさせない歌がたくさんあります。その中で激しい恋の歌をご紹介いたします。

実はこの三二七一の歌はその前の三二七〇の長歌と一体をなしているものなので、その長歌を先にご紹介しないと、この歌の良さが消えてしまいます。

さあ、その長歌をご覧ください。激しい嫉妬で気が狂わんばかりの心情をあらわにした女性の歌なのです。愛するあの人が他の女性と交わっている様子を思い浮かべて、憎さをどうしようもなくて、罵りながら一人寝の自分は嫉妬でのたうちまわっているという赤裸々な歌です。

(原文)刺将焼 小屋之四忌屋尓 掻将棄 破薦乎敷而 所〈挌〉将折 鬼之四忌手乎 指易而 将宿君故 赤根刺 晝者終尓 野干玉之 夜者須柄尓 此床乃 比師跡鳴左右 嘆鶴鴨

(訓読)さし焼かむ 小屋の醜屋に かき棄てむ 破れ薦を敷きて 打ち折らむ 醜の醜手を さし

交へて 寝らむ君ゆゑ あかねさす 昼はしみらに ぬばたまの 夜はすがらに この床の
ひしと鳴るまで 嘆きつるかも

（意味）焼いてやりたいほどの汚らしい小屋に捨ててしまいたいようなぼろ薦《こも》を敷いて へし折ってやりたいけがわらしい手を 交し合って今ごろ寝ているだろうあの人のせいで 昼はひねもす 夜は夜もすがら この寝床がみしみし鳴るほどに私は嘆き続けています

いかがでしょうか。こんな歌が残っていること（選ばれていること）に驚きますね。また、こんな激しい気持を歌にできること自体が脅威です。ここまで、具体的に相手の様子を表現するなんて度胸がありますね。嫉妬心が生々しく表現されています。わたしは余り嫉妬心を抱くタイプではないので、ここまで嫉妬心を持てることに尊敬さえ感じてしまいました。

でも、この後、この人はどうなってしまうのだろう、この嫉妬の炎をどこへ持って行くのだろうか、何事も起こらなければいいけどなどと、少し心配になって来るのでした。その気持を察したかのような反歌が用意されていたのです。それが三二七一です。

反歌というのは長歌《ちょうか》の後に添えた歌で、多くは短歌形式になっています。初期の長歌には反歌がついていませんが、反歌は長歌の内容を要約したり、反復したり、または補足したりして、長歌と一体となっています。中には新しい展開がみられるものもあります。いずれにしろ、長歌と反歌が融合し、調和し、ひとつの歌の世界を作っていると言えます。万葉以降は長歌が作られなくなって短歌だけになっていきますが、この長歌と反歌の関係は『万葉集』ならではの文学と言えます。その反歌が冒頭の歌なのです。

私の心を嫉妬で焼くのも私、あの人に恋い焦がれるのも私の心……。

次の日の朝が来て、詠った歌でしょうか。もだえながらも一晩寝たら少し冷静になったのでしょうか。よくよく考えてみたらあの人が彼女のところへ行ったのは、わたしに原因があったのかもしれない、嫉妬心を抱くのも自分だし、恋いこがれるのも自分だったというように、外に向かっていた嫉妬心が内省に変わって来ています。かわいらしい女心を感じさせます。まさに、長歌と反歌の役割を上手に利用して、調和させ、見事に完結させた、類《たぐい》まれな恋の歌だと言えます。「お見事」とまさに大喝采を贈りたいです。

この三二七一に出てくる「はしきやし」と言う言葉ですが、「愛しけやし」と書きます。「いとおしい」とか「愛すべき」いう意味ですが、「ああ」という嘆息の意味と同じように使い、訳さない場合もあります。この反歌に「はしきやし」が使われることによって、この女性の嫉妬心が昇華され、「ああ、やっぱり、わたしはあの人が好き。あの人を愛していこう」とため息をつきながら言っている光景が浮かび上がってきます。これぞ恋の歌です。

この歌は作者未詳で良かったと安堵しています。作者が誰かわかっていたりしたら、誰もがついつい詮索したくなりますものね。作者未詳なら一体どんな女性なのかしら、相手の男性はどんな人なのかしら、そして、「汚らしい小屋」の彼女はどんなタイプなのかしらと、想像する楽しさがあります。わたしから見れば、作者はめちゃくちゃ「はしきやし」女性です。

☆☆☆

黄土　はにふ

馬の歩み抑へ留めよ　住吉の岸の埴生ににほひて行かむ

（原文）馬之歩 押止駐余 住吉之 岸乃黄土 尓保比而将去

（仮名）うまのあゆみ おさへとどめよ すみのえの きしのはにふに にほひてゆかむ

安倍豊継《あべのとよつぐ》　〇六／一〇〇二

（意味）馬のあゆみを留めよ ここ住之江の岸の黄土で 衣を（美しい色に）染めて行こう。

黄土も埴生も「はにゅう」と読みます。「はにゅう」という優しい音から、「埴生《はにゅう》の宿《やど》」を思い出す方もいますよね。「みすぼらしい家」という意味なんですよ。「埴生の宿」の歌はHome! Sweet Home! の和訳です。「ビルマの竪琴」でイギリス兵と一緒に歌っているのが印象的です。それにしても、「埴生の宿」とは訳者は相当の知識人です。英語の原文のhumbleから「埴生」を連想したのですから。しかも、humbleと「はにゅう」音が近いのです。

埴生は埴《はに》のある土地、または埴土《しょくど》とされていますが、きめの細かい粘土のことを言います。その色は黄土色だったので、その色のことも黄土と言《はにゅう》われています。羽生結弦《はにゅうゆづる》のファンの方、ごめんなさい。羽生も埴生と同じ意味なんです。「埴生の宿」はそんな土壁でできた家というところから「みすぼらしい家」になるのです。

古代中国では黄色は大地を象徴する根源の色で、万物の中心を表す色でした。旧石器時代の洞窟壁画に黄土が使われています。人類最古の顔料のひとつだったのです。「埴生」を詠った『万葉集』の原文では黄土、赤土、埴布、黄粉の字が当てられています。それからもわかるように、日本では黄色い土も赤い土も埴生と呼ばれていました。埴輪《はにわ》の色が黄赤色なのもそのためです。高松塚古墳壁画の左の人物の着衣は埴生の色だと言われています。

黄土は顔料だけではなく、古代染料のひとつでした。住吉の海岸は黄土が露出する断崖をなしていて、その黄土の「埴染《はにぞ》め」は当時、よく知られており、住吉を通る人々はその埴で色を染めることをイメージしたのです。「にほふ」はここでは色が美しいという意味です。

この一〇〇二の歌は天平六年（七三四）春三月に聖武天皇が難波の宮へ行幸の途中に従駕した官人が詠ったもので、六首（九九九〜一〇〇二）あるうちの最後の歌です。六首に同じ題詞がついており、船王、守部王、山部赤人などが詠っています。九九九の守部王の歌には左注がついています。

春三月幸于難波宮之時歌六首　　**（九九九〜一〇〇二の題詞）**

（意味）難波の宮へ行幸途中、伴として住吉の浜に遊覧した官人が作った歌六首

右一首遊覧住吉濱還宮之時道上守部王應詔作歌　　**（九九九の左注）**

（意味）右の一首は住吉の浜遊覧の後、難波宮への帰途において守部王が聖武天皇の仰せに応じて作った歌

住吉は「すみのえ」と読みました。『万葉集』には「住吉」の歌が一八首もあります。

九九九の歌は本文には住吉はありませんが、左注にあります。当時の住吉は住吉大社が海に面していて、現在の住之江区はすべて海だったようです。遣唐使は住吉神社で航海の安全を祈り、難波津から瀬戸内海を通り、海に出ました。「すみのえ」は「澄みの江」から来ているという説もあり、美しい浜辺であったと想像できます。「恋忘貝」（P87）を拾うところでもあったのです。

「埴染め」「かきつばた染め（カキツバタの花のような色）」「真榛染め《まはりぞめ》」は古代の住吉の三染色です。真榛染めは榛《ハンノキ》の樹液や果実を摺って染めたものです。榛色《はしばみいろ》と言い、黄色がかった薄茶色で日本の伝統色のひとつです。真榛染めも住吉と共に『万葉集』に出て来ます。

住吉の遠里小野の真榛もち　摺れる衣の盛り過ぎゆく　〇七／一一五六　作者未詳

（意味）住吉の遠里小野のま榛で染めたこの衣《きぬ》もわが身とともにすっかり色褪せ盛りを過ぎたものだなあ

☆☆☆

「すみのえ」と言うと競艇を思い浮かべる人がいるでしょうが、「埴生」と共に万葉のころの住吉の方を一番に思い浮かべてくださいね。

母とふ花《ははとふはな》

時々の花は咲けども　何すれぞ　母とふ花の咲き出来ずけむ

（原文）等伎騰吉乃 波奈波佐家登母 奈尓須礼曽 波々登布波奈乃 佐吉泥己受祁牟

（仮名）ときどきの はなはさけども なにすれぞ ははとふはなの さきでこずけむ

二〇／四三二三　丈部真麻呂《はせつかべのままろ》

（意味）季節ごとに花は咲くのに　どうして「母」という花は咲き出てこなかったのだろう。

『万葉集』が多くの人に愛されている理由のひとつは、収録された歌の種類や幅が広く、深みがあるところだと言えます。その幅や深みはおそらく東歌と防人《さきもり》の歌のおかげだと思います。生き生きとした力強さや、苦しい生活の思いや家族と離れる嘆きが切々と伝わって来て、『万葉集』をより豊かにダイナミックにしているのです。中でも防人の歌はその時代背景と共に、『万葉集』での役割は想像以上に大きいものがあります。

防人のことから説明いたします。大化の改新（六四五年）以降、百済の再興を目指して、大和朝廷（中大兄皇子、後の天智天皇）は対馬、壱岐、北九州に、敵襲に供えるために、山城や水城《みずき》を築かせました。そこに配備されたのが防人でした。防人は東国から徴兵され、船で大宰府に送られ、防人司《さきもりのつかさ》の管轄下に入り、各地の砦に配置され、軍事訓練と耕作に従事しました。これが当時、外敵と戦う主要勢力だったのです。また、食料と武器は防人自身が調達することになっていました。

背景には（天智二年）六六三年の白村江戦《はくすきのえのたたか》いで、倭軍は唐・新羅軍に大敗します。それによって、西日本の兵が一万人も戦死したことと、大和朝廷が武力の強い東国の勢力を弱めようという狙いがあったと考えられています。

東国各地から集められた防人は約二三〇〇人、年季は三年で、半数交換を繰り返したのです。一方、七五四年（天平勝寶六年）四月五日に大伴家持は兵部少輔《ひょうぶしょうふ》に任命されます。兵部省とは律令制度で武官の人事と軍事全般を掌る部署です。翌年の七五五年は防人の交代の時期になっていました。家持は部下と共に防人の徴発と難波津での検問に携わっていました。彼はあらかじめ、東国の国府に防人たちの歌を集めて提出するように命じたのです。

二月になって、一六六首が提出されました。家持は、その中から「拙劣なる歌」を除いて、約半分の八四首を選び、ほぼ提出順に巻二〇に並べたのです。遠江国（静岡県の西部）が一番早く、二月六日に一八首提出で七首選出、最後は武蔵国（東京、埼玉、神奈川の一部）で二月二〇日提出、二〇首から一二首選出となっています。これらは家持が克明に記録を残しているのでわかるのです。

つまり、巻二〇に掲載されている防人の歌は家持がその時に選出した歌に、手持ちで持っていた「昔年の歌」九首を加えたものです。この経緯から防人の歌は難波津を出る前に作られたものですが、巻一三、巻一四の防人の歌は難波津を出た後のことを詠っているものもあります。それらは以前の防人から聞き及んで作ったものだろうと想像できます。それらも合わせて、防人の歌は九八首になると言われています。東歌と区別がつかないものもあります。

八四首に戻りましょう。冒頭の歌は一早く提出された遠江国からの歌で採用された七首のうちの一首です。防人の歌は愛する妻や恋人との別れを歌い、愛惜の情に満ちたものが多いのですが、この歌は母のことを詠ったものです。まだ、若い丈部真麻呂《はせつかべのままろ》の母への思慕が切なさを呼びます。彼は遠江国山名郡（現在の静岡県袋井市）の人で、同じく防人で歌を採用された丈部川相《はせつかべのかわあい》と同郷で、現在、袋井中学校に二人の歌碑が立っているとのことです。

「母とふ」は「母という」という意味です。「季節毎にいろんな花が咲く、でも、母という花は咲かない。遠く離れた筑紫に行っても、きっといろんな花が咲くにちがいない。その時に母という名の花が咲いてくれたらいいのに。そうしたら母に会えるのに」とそんな切実な母への思慕が想像されますね。でも、この歌の最後の「咲き出来ずけむ」に注目すると意味が違ってきます。

「けむ」は過去の推量の助詞なので、正しくは母という名の花はどうして、咲き出て来なかったのだろうかになります。つまり、防人に徴兵されて、家を出る前に「母という名の花はどうして咲き出てくれなかったのだろうか。咲いてくれていたら、その花を持って行くのに」

というような解釈になります。最初の「時々の花は咲けども何すれぞ」の流れるような言葉づらから見ても真麻呂は利発な好感のもてる少年だったような気がします。

それではここで、防人の歌でおそらく一番有名だと思われる歌をご紹介します。

父母が　頭掻き撫で　幸くあれて言ひし言葉ぜ忘れかねつる　二〇／四三四六

(仮名) ちちははが　かしらかきなで　さくあれていひし　けとばぜ　わすれかねつる
(意味) 父と母が頭をかき撫で「幸くあれ」(無事でいなさい)と言った言葉が忘れられません。

この歌は駿河国の丈部稲麻呂《はせつかべのいなまろ》の作ですが、防人に徴兵された子供だけではなく、その子を送り出す父母とその三人の姿がまざまざと映し出されます。日本では古代から子供の頭をなでていたことも確認できます。映像を通して気持が伝わってくる歌です。

この歌の仮名を載せたのは方言が入っているからです。「さくあれて」は「さきくあれば」で、「けとばぜ」は「ことばぞ」が標準語(大和で使われていた言葉)です。方言だからこそ、父母の愛情と必死でつらさを我慢している少年の心情が強調され、心に響きます。

家持に提出された防人の歌の中にはこのような方言があっただけではなく、なんと、防人と防人の妻、二人が提出しているのもあり、また、防人の父親の歌も含まれていました。夫婦で提出したのに、妻の分しか選ばれなかったのもあります。なにしろ、八四首の中に防人の妻の歌が六首も採用されています。父親の歌も一首採用されています。長歌が一首ありますが、反歌はついていません。

さらに、この八四首を選ぶ作業の中で大伴家持自身が三首の長歌、それに続く反歌を作り、防人の歌の間に挿入しています。まるで、防人の歌を盛り上げる色付けであり、舞台装置であり、効果音のような役割を果たしています。家持の歌は防人の歌からあふれる心情に心打たれて作ったものですから、主役はあくまでも防人の歌です。

☆☆☆

大伴家持は純粋に歌だけを見て、判断し、「拙劣なる歌」を除き、そうでない歌を残したということはうれしいことです。落選した歌も読んでみたかったですが。

ふふめり　含めり

含めりと言ひし梅が枝　今朝降りし沫雪にあひて咲きぬらむかも

（原文）含有常　言之梅我枝　今旦零四　沫雪二相而　将開可聞

（仮名）ふふめりと いひしうめがえ けさふりし あわゆきにあひて さきぬらむかも

〇八／一四三六　大伴村上《おおとものむらかみ》

（意味）「つぼみになったよ」とおっしゃっていた梅の枝は　けさ降った沫雪《あわゆき》にあって咲いているでしょうか。

大学で「自然愛好会」の万葉の植物班に入ってすぐに出会った歌です。発句の「ふふめりと」でいきなり魅せられてしまいました。「ふふむ」は「花や葉がふくらんで、まだ開ききらないでいる。蕾《つぼみ》のままである」の意味です。「ふふめり」はその完了形です。もう少しで咲きそうなぐらい蕾が含らんでいますというような感じでしょうか。固いつぼみではなく、ほんわりとした無防備な蕾ですね。

下の句の「沫雪《あわゆき》にあひて」の言葉も「わあ。素敵」と叫んでしまいました。この歌は相手の人と一緒に梅の木を見ているのではなく、「つぼみになったよ」と言われた、あなたの庭にあるその梅は沫雪にあって、咲いているのでしょうかと想像しているのです。穏やかで安心感のある関係が思い浮かびます。うらやましいなと思っていました。

でも、この歌で好きなのはその二人の関係よりも「沫雪」のあり方です。ふふめりの状態の梅の花は沫雪が降ったからといって咲きはしないのです。かえって、咲くのが遅れるはずです。「沫雪」が枝に静かに降りて来て止まり、まるで梅の花が咲いたように見える、そんな光景が浮かびます。そんなイメージを持たせてくれた歌に大感動だったのです。『万葉集』のころは白梅でしたので、白い梅の花と沫雪は同じように映ったにちがいありません。

それ以来、この歌は「つらつら椿」（P128）とは違った意味でよく口にする歌となりました。梅の花や木を見たとき、ちらほらと雪がふってきたときは当然ながら、梅の季節ではない春や夏、秋でもこの歌は口から出て来て、心を穏やかにしてくれました。大学生のころ、あまりにこの歌に心を傾けるものですから、「ふふめり」と呼ばれ、待ち合わせに遅れると「ふふめり、今日は遅かったな」と言われたりしました。そのあだ名は結構、気に入っていました。

それから、四〇年以上たった、二〇〇九年の一〇月にわたしは本を出版しました。『魂を抱きしめて―桜子』上下二巻の分厚い恋愛小説ですが、この「ふふめり」を登場させました。この本を読んでくださって、この歌が好きになったと言う方が何人もいて喜んでいました。でも、「『万葉集』を見ていたら、この歌、先生の本に出て来るのと少し違うところがあるのですが」と首を傾げてきかれました。大学生のときに出会い、恋愛小説にも載せたのはこちらの方です。

含めりと言ひし梅が枝　今朝降りし沫雪にあひて咲きにけむかも

「咲きぬらむかも」と「咲きにけむかも」の違いがあります。「らむ」と「けむ」は両方とも推量の助動詞です。ただ、「らむ」は現在の推量で、「けむ」は過去の推量なので意味も少し違ってきます。「けむ」は「けさ降った沫雪にあって咲いたでしょうか」になります。「らむ」だと、今も沫雪が降っていてもいいですが、「けむ」だと過去の推量なので、もう雪は降っていないのです。原文からはどちらとも取れるのですが、今朝降った雪が花のように枝に残っているというイメージを大切にしたいので、わたしには「けむ」でないと困るのです。

ところで、花といえば『万葉集』では梅、『古今集』では桜と思われていますが、『万葉集』で一番多く読まれている花は萩（一四一首）です。その次が梅（一一九首）なのですが、その中で三二首（八一五～八四六）は天平二年（七三〇）正月一三日に太宰府の帥《そち》であった大伴旅人《おおとものたびと》の邸宅で開かれた「梅の宴」で歌われたものです。このときの題詞（長くて紙面を相当取りそうなので省きます）を読んでいると、どうも、本物の梅を見て詠ったものとは思えないのです。

また、一一九首ある梅の歌は春に咲く花、手折りてかざす、花が散ると雪のように真っ白だというような扱われ方をしています。梅の代名詞である馥郁《ふくいく》とした「香り」が取り上げられていないのです。香りに触れているのはただ一首だけです。

梅の花　香をかぐはしみ　とおけども　心もしのに　君をしそ思ふ

二〇／四五〇〇　　市原王

（意味）梅の花の香りの良さに遠く離れていますが、心はいつもあなたのことを思っています。

天平宝字二年（七五八）二月中臣清麻呂《なかとみのきよまろ》の邸で開かれた宴席での歌です。大伴旅人邸で梅の歌が詠われてから二八年後です。おそらく、その間に唐から持ち込まれた梅はあちこちの庭に植えられて、香りがいいことを知ったのでしょう。梅の香りの歌が少ないからといって、万葉の時代の人々が、または日本人が香りに鈍感だったというわけでないのです。その証拠に平安時代になると梅は「香り」と共に詠われます。

東風《こち》吹かば　にほひおこせよ梅の花　主《あるじ》なしとて　春な忘れそ　（拾遺和歌集）

みなさんもよくご存知の菅原道真が大宰府に左遷されるとき、庭の梅の花に別れを惜しんで詠んだ歌です。後にそれが道真を追って大宰府に飛んできたという「飛梅伝説」がありますね。大伴旅人が「梅の宴」を開いたのも、その大宰府です。

時代は下って、室町時代になって香道が成立します。世に言う名香六十一種というのが決められました。その香木の名の中に梅がつけられているのが六つ（飛梅、老梅、早梅、青梅、白梅、寒梅）もあります。梅の香りがいかに日本人を魅了していたかがわかります。

★★★

追記：

名香六十一種

法隆寺、東大寺、逍遥、三芳野、紅塵、枯木、中川、法華経、廬橘、八橋、園城寺、似、富士煙、菖蒲、般若、楊貴妃、青梅、飛梅、種子島、澪標、月、竜田、紅葉賀、斜月、白梅、千鳥、法華、老梅、八重垣、花宴、花雪、名月、賀、蘭子、卓、橘、花散里、丹霞、花形見、明石、須磨、上薫、十五夜、隣家、夕時雨、手枕、晨明、雲井、紅、初瀬、寒梅、二葉、早梅、霜夜、寝覚、七夕、篠目、薄紅、薄雲、上馬

ほとほと

帰りける人来れりと言ひしかば　ほとほと死にき君かと思ひて

（原文）可敝里家流　比等伎多礼里等　伊比之可婆　保等保登之尓吉　君香登於毛比弖

（仮名）かへりける　ひときたれりと　いひしかば　ほとほとしにき　きみかとおもひて

一五／三七七二　狭野茅上娘子《さののちがみのおとめ》

（意味）「（流刑地から）帰った人がやってくる」と人が言ったので、ほとんど死にそうになりました。あなたかと思って。

小学五年生だったと記憶していますが、自転車に乗りたいと思いました。そのころ、家には父の自転車しかなく、自転車を「買って」と言える経済状態ではなかったので、父の自転車に乗ろうと決心したのです。ある日、父の自転車を持ち出し、練習し始めたのですが、右足を後ろから持って来て乗る男乗りは平坦な道では助走がつかず、困りました。坂道で練習したらいいかもとひらめいたのです。坂の上で自転車に乗って降りれば、そのまま勢いで進むことができるはずだと。その坂道はあまり人が通らず、誰にも見られずに独習ができました。自転車が倒れ、起しては上まで上がり、それを何度も何度も繰り返しました。

自転車乗りは成功し、大満足で家に帰ると、母はものごい形相で「その怪我どないしたん」と叫びました。「あの坂道で自転車に乗る練習をしてたんや。乗れるようになったで」と自慢げに答えました。母はため息をついて「もう、あんたの無鉄砲にはほとほと呆《あき》れるわ」と、薬箱を持ち出しました。鏡を見たら、顔は傷だらけ、血が出ていて、急に痛みが襲ってきました。次の日は打撲の痛みが加わりました。「無鉄砲さ」を痛感したのですが、母の「ほとほと」がとても気に入りました。「満身創痍のほとほと事件」と名付けました。

無鉄砲さはそれ以来、封印しましたので、母から「ほとほと」を言われることはなくなりました。ひさしぶりに「ほとほと」に出会って大きな衝撃を受けました。それは『万葉集』の冒頭の恋の歌だったのです。作者は狭野茅上娘子《さののちがみのおとめ》（弟上娘子《おとかみのおとめ》）で、その恋の相手は中臣宅守《なかとみのやかもり》です。天平の悲恋と呼ばれ、六三首(娘子二三首、宅守四〇首)におよぶ恋の歌が『万葉集』に収録されています。宅守は罰を受け、越前に配流になり、都に残された娘子との（遠距離）贈答歌なのです。宅守の流罪と、贈答歌の由来が巻一五の目録に書かれています。

中臣朝臣宅守　娶蔵部女嬬狭野弟上娘女之時　勅断流罪　配越前國也　於是夫婦相嘆易別難會　各陳慟情贈答歌六三首

（意味）中臣朝臣宅守が、蔵部の女嬬＝女官である狭野弟上娘子を娶ったとき、流罪となって越前国に流されました。このとき、夫婦が別れてもう逢えないことを嘆いて、二人がそれぞれの悲しみの心を表して、贈り答える歌六三首。

宅守は配流になるような恋をしたのでしょうか。この書き方では理由が明確ではないのですが、どうも、禁断の恋のために流されたようです。天平一一年頃（七三九）に二人は引き裂かれ、宅守は次の年の大赦《たいしゃ》（罪を無効にすること）では除外されます。その次の年にやっと帰京を許されたようで、約二年の間に二人は恋の歌を交換したのです。

冒頭の歌は最初の大赦の折りのもので、流人たちが帰京するまで、娘子は誰が帰京するか知らなかったようです。赦免された流人たちが帰って来たと聞いて、ほとんど死にそうになったと言うのです。愛する宅守がいるかと思った、その歓喜の比喩が「ほとほと死にき」なのです。凄烈な表現ですね。彼がその中にいなかったので、「ほとほと死にき」の落胆もあったと思われますが、それを書いていないのがこの歌の潔さだとわたしは思っています。

「帰りける人来《きた》れり」は、誰かが「帰って来た人が今やって来た」と言ったのです。過去の助動詞「ける」に完了の助動詞「り」がついていますね。英語の過去と現在完了の関係によく似ています。現代語では動作の完了を現わす助動詞が消滅していますので、このような微妙な表現はできなくなっていますが、その時間の差の表現も味わいがあります。

ところで、この歌は『万葉集』巻一五の歌ですが、この巻は遣新羅使《けんしらぎし》の歌とこの二人の贈答歌だけで編纂されています。この巻にこの二人の贈答歌をどんと六三首も載せているのは格別の扱いであり、編者の好意的な気持が働いていると思われます。『万葉集』の彩のひとつになっています。ここで、もう一首、娘子の歌をご紹介します。

君が行く道の長手を繰り畳ね　焼き滅ぼさむ天の火もがも　　一五／三七二四

（意味）あなたが行く長い道のりを手繰り寄せ、焼き滅ぼしてくれる天の火があったらよいのに。

流罪で越前に行く道を手繰《たぐ》り寄せ、焼いて滅ぼしてしまう火があったら、道がなくなってしまうので、あなたは行かなくても済むのにということでしょうね。道を手繰り寄せるという表現、脱帽です。そして、思わず、道を手繰り寄せるまねをしてしまいました。さらに、道を単に焼くのではなく、焼き尽くすのでもなく、焼き滅ぼして欲しいと言う表現、強引で、独創的で、抒情的で、この歌も凄烈ですね。何よりも「焼き滅ぼさむ」に仰天しました。

「ほとほと」は平安時代に「ほとほど」になり、現在の「ほとんど」に変化しました。でも、現在、「ほとほと嫌になる」とか、「ほとほと疲れた」とか、否定的な意味で使われていますね。たとえ、そうであっても「ほとほと」が残っていることがとてもうれしいです。そうでなければ、母に「ほとほと呆《あき》れるわ」とは言われなかったでしょうし、『万葉集』で「ほとほと」に出会っても、思い入れがなかったかもしれません。無鉄砲も意外と役にたったと「満身創痍のほとほと事件」を懐かしく思い出しました。

☆☆☆

真幸く　まさきく

磐白の浜松が枝を引き結び　ま幸くあらばまた帰り見む

（原文）磐白乃 濱松之枝乎 引結 真幸有者 亦還見武

（仮名）いはしろの はままつがえを ひきむすび まさきくあらば またかへりみむ

有馬皇子《ありまのみこ》　〇二／一四一

（意味）磐白の浜辺にある松の枝を引き結んで（おいて）無事であったら、立ち帰って、これをみたいものだなあ。

高校生の時に買った『文法解明叢書』（有精堂出版）の『万葉・古今・新古今要解』が手元にあります。高校生のころの参考書で残っているのはこれだけです。線を引いたり、四角で囲ったりしています。好きな歌には丸をつけていました。この歌には丸がついていて、「真幸く」と「一九歳」の文字を四角で囲っています。そして、「浜松が枝を引き結び」の説明には線を引いています。当時から、この歌がいかに気に入っていたかがわかります。

「なぜ、この歌が好きなのか」と言うと、ページをめくり、この歌が出て来た時、何の先入観もなく、そのまま（声に出して）読んだのです。イメージは「磐白《いわしろ》」の白と松の緑の色の対比が美しく、「引き結び」でなんとなく、遊びのようなところが興味深く、「ま幸くあらばまた帰り見む」で旅の途中なのかなあ。（幸運にも）帰り道が同じなら、また、見ることができるよねというような意味かしらと思いながら、「いい歌だなあ」と丸をつけました。

わたしは小学三年の二学期から五年間、北海道の千歳市に住んでいたのですが、住宅の裏は広大な林でした。そこを一人で探検する時には、帰りの道がわかるように、木や草に印をつけていました。葉の長い草を選び、まさに「結んだ」のです。木にもその草を結んだり、ぶどうの蔓をひっぱってはずして結んだこともあります。帰りはそれが目印になって安心して帰ることができました。

「松が枝を引き結び」は、草や木の枝を結んで、幸運や無事を祈ったのです。物を結ぶことはそこにわが身を結びとめる意味があり、結んだものに再び巡り合えると考えられていました。旅立ちをする人が自らの無事を祈る意味で行われていました。「似ている」と思ったのです。

『文法解明叢書』では歌の下に訳があり、「語釈・文法」で、「有馬皇子」「自ら傷みて」「松が枝を引き結び」「磐白」「ま幸くあらば」「また帰り見む」と丁寧な説明をしています。「構成」「鑑賞」があり、最後の「参考」には、後人の哀悼歌で山上憶良、柿本人麻呂など四首が載っています。

三谷榮一著で値段は二三〇〇円。高校生にとっては贅沢過ぎる内容です。当時、どれだけ、理解していたのか疑問ですが、当然、大学に入ってからも大活躍でした。ぼろぼろになっていますので、六年前に「万葉集を楽しむ会」を始めた時に改定版でも購入しようと思って有精堂出版を調べたら、なんと、残念なことに一九九六年に倒産していました。

「自ら傷みて」というのが、実は題詞の一部だったのですが、それは大学生になって知りました。

挽歌／後岡本宮御宇天皇代［天豊財重日足姫天皇譲位後即後岡本宮］／有間皇子自傷結松枝歌二首

（意味）挽歌／後の岡本宮に天の下知らしめす天皇の代　天豊財重日足姫天皇　譲位の後、後の岡本宮に即きたまふ／有馬皇子、自ら傷みて松が枝を結ぶ歌二首

「後の岡本宮に天の下知らしめす天皇」とは斉明天皇のことです。ここで、この歌の背景に迫る歴史に入りましょう。この歌ほど歴史と結びついている歌はないからです。

舒明天皇（第三四代）の崩御後、皇后が皇極天皇（三五代）として即位します。六四五年に大化の改新で、目の前で蘇我入鹿が殺されたことで大きな衝撃を受けた皇極天皇は弟に譲位します。孝徳天皇（三六代）です。中大兄皇子が皇太子になりますが、都を難波に移した孝徳天皇と対立し、皇子は天皇を残し、皇后、随身を連れ飛鳥へ戻ります。孤立した孝徳天皇は煩悶のあまり一年後に皇子の有間皇子を残して崩御します。

中大兄皇子は天皇に即位せず、皇極天皇が重祚《ちょうそ》（天皇が再び位につくこと）し、斉明天皇

（三七代）となります。大化の改新以降の政治の中心人物は中大兄皇子で、次々と自分の地位を脅かす人物を殺したり、死に追いやります。

有馬皇子は利口な性格で身の危険を感じ、病を装っていました。牟婁《むろ》の温湯《ゆ》（和歌山県白浜湯崎温泉）に出かけて療養し、病気が癒されたのでと天皇に勧めます。斉明天皇は皇太子以下を引き連れて牟婁の温湯に行幸しました。

天皇、中大兄皇子の留守中の蘇我赤兄（蘇我馬子の孫）は有間皇子を訪れ、謀反を勧めます。有馬皇子は赤兄を信じ、計画を進めます。その夜半、赤兄の兵が有馬皇子邸を取り囲み、皇子は捕らえられ、牟婁の温湯に護送されました。「謀反の心あり」として赤兄が報告し、既に討伐の命が出されていたのです。（六七八年）

護送の途中で磐代《いわしろ》（和歌山県日高郡みなべ町）の浜で詠んだとされるのがこの一四一の歌です。再び都へ送還され、藤白の坂（和歌山県海南市藤白）で絞首。一九歳でした。

左注には「挽歌とは本来死者を悼んで（＝死後に）詠われる歌ではあるが、その意を含んでここに掲載した」とあります。編纂者の意思や「参考」に載っている後人達の追慕もさることながら、この歌の中の「真幸く」が、より悲哀感を増し、人々の心を動かすのです。もし、改訂版が手に入っていたら、同じように丸をつけたと思います。

有馬皇子は続けてもう一つ歌を詠んでいます。一四二番の歌です。この一四一、一四二両方が挽歌とされています。

家にあれば 笥に盛る飯を 草枕 旅にしあれば 椎の葉に盛る 二／一四二

（意味）家にいると器によそうご飯を、今は旅の途中なので椎の葉に盛っています。

天皇の息子である若き皇子が椎の葉に盛った食物を口にしている姿を想像するだけで、心がしめつけられます。椎の葉に涙がこぼれたことでしょう。

（左注）**右件歌等雖不挽柩之時所作〈准〉擬歌意 故以載于挽歌類焉**

★★★

まそかがみ

まそ鏡直目に君を見てばこそ　命に向ふ我が恋やまめ

（原文）真十鏡 直目尓君乎 見者許増 命對 吾戀止目

（仮名）まそかがみ ただめにきみを みてばこそ いのちにむかふ あがこひやまめ

一二／二九七九　　作者未詳

（意味）真澄の鏡を見るように　目にじかにあなたをみたら　命のかぎりに向かう私の恋は止むでしょう。

「真幸く」は悲しい歌だったので、今度は恋の歌にいたします。それと、少し楽しい話も織り交ぜます。

「まそかがみ」って妙に心に残る響きでしょう。鏡というのは不思議なものですが、さらに、「まそ」がつくと謎めいていて、ちょっと距離をおきたいような、近づいてみたいような気がしませんか。

「まそかがみ」は『万葉集』に三五首も詠われています。その表記ですが、ばらばらでいろいろあって、実に愉快なのです。

万葉仮名は「真十鏡」「清鏡」「白銅鏡」「銅鏡」「真鏡」「真素鏡」「真祖鏡」「麻蘇鏡」「末蘇鏡」「犬馬鏡」「喚犬追馬鏡」などがあります。最初の方はわかりますが、最後のふたつには「犬」と「馬」がついています。首を傾げてしまいますね。「犬」と「馬」と鏡、どう関係があるのでしょうか。

「犬馬鏡」ですが、これも「義之《てし》」(P138)や「憎くあらなくに」(P150)でお話した、『万葉集』の戯書《ぎしょ》(たわむれがき)の一つです。犬を呼ぶのにマ、マと声をかけ、馬を追うにはソ、ソと声をかけたので、犬馬でマソの音をあらわすというのです。「喚犬追馬鏡」はまさにその根拠までが入った表記です。最初、この謎解きは無理があるように思ったのですが、「犬馬鏡」が四首、「喚犬追馬鏡」は一首だけですが、「犬馬」は「まそ」の表記としては上位に入りますので、単なる、個人の戯れではなかったようです。

一番多い表記は「真十鏡」で一五首あります。また、「ますみの鏡」（一六／三八八五）という言葉がありますので、「まそかがみ」は「真澄《ますみ》の鏡」が変化したという説があります。「真澄の鏡」は立派な鏡、よく澄んだ鏡と言う意味ですが、「まそかがみ」は鏡そのものよりも枕詞として使われています。何にかかるかなのですが、これまた、鏡に関連するものはすべてOKと言えるぐらい様々です。

「見る」「懸く」「床《とこ》」「磨《と》ぐ」「清し」「照る」「面影」「蓋《ふた》」などです。冒頭の歌もそうですが、「見る」にかかるのが一番多く一四首あります。「み」がつく地名にかかるのものが二首あります。「みぬめの浦」と「みなぶち山」です。「照る」と「清し」は照れる月夜や清き月夜などと使われ、必ず「月」が後に来ます。「懸く」は神聖な杭には鏡をかけるという表現が『古事記』にもありますし、おそらく神事で懸けられていたのでしょう。「床」にかかるのは鏡は床に置いて寝たのでしょうね。それと、鏡には蓋をしておいたということもわかります。

鏡と言えば三種の神器の一つである八咫鏡《やたのかがみ》です。大きい鏡だと聞いていましたが、咫《あた》というのは円周の単位で約〇・八尺だそうで、径一尺の円の円周を四咫としていたので、「八咫鏡」は直径二尺（四六センチメートル前後）となり、出土品の鏡には四六・五センチメートルのものがあるとのことです。ただし、伊勢神宮に収められているのは何度か作り直されているものなので、四六・五センチメートルより小さいと言われています。八咫烏《やたがらす》もそれぐらいの大きさの鳥だったのでしょうか。それにしても、「咫」という漢字は見れば見るほど円周の単位だと思わせますね。

冒頭の歌は巻一二に収録されている「まそかがみ」五首のうちのひとつです。「会いたい」と言う恋心をこんな風に詠えるなんて、感嘆してしまいます、鏡を見ながら、直接会って顔をみることができたら（「こそ」で強調して）、わたしの恋心はやむかもしれません。その恋は「命に向かう恋」なのです。「命に向かう」は真剣で、危険なほどの思いが伝わってきます。一体、どんな作者なのかしらと想像を膨らませてしまいます。「まそかがみ」は「命に向かう恋」の願いを込める鏡なのです。

ここで巻一一、一二の特徴について触れたいと思います。両巻は目録でそれぞれの最初に

「**古今相聞往来歌類之上**」「**古今相聞往来歌類之下**」と書かれています。「相聞」とは恋の歌のことですが、お互いに歌を交換したものだけではなく、片思いや忍ぶ恋、待つ恋などの独詠も含まれます。さらに、その地域で歌い継がれ流伝して民謡と化したものもさすようです。「民謡歌の巻一一、一二」とも呼ばれています。作者未詳が多く、素朴で、類似性があり、集団性があるためですが、研究者の中では否定する人もいます。この両巻はよく研究のテーマになっているようです。

巻一一、一二ではすべての歌に題詞がついています。巻一二の題詞は左記のようになります。正述心緒（一一〇首）、寄物陳思（一五〇首）、問答歌（三六首）、羇旅発思（五三首）、悲別歌（三一首）です。冒頭の歌は寄物陳思の中に入っています。

正述心緒歌《せいじゅつしんちょか》　ただにおもいをのぶるうた＝心に思うことを直接表現する
寄物陳思歌《きぶつちんしか》　ものによせておもいをのぶるうた＝物に託して思いを表現する
問答歌《もんどうか》　問いかけの歌と、それに答える歌
羇旅発思歌《きりょはっしか》　きりょにおもいをおこせるうた＝旅での思いを起した歌、旅の歌
悲別歌《ひべつか》　わかれをかなしめるうた＝別れを悲しむ歌

正述心緒歌は物を媒介せず、心を直接、表したものですが、寄物陳思歌の「寄物」は「物に寄せて」とあるように、物によって呼び起こされた思いを歌にしているものが多いです。

二九七九の歌は寄物陳思歌です。「寄物」は俗に言う「かたみ＝形見」であると書かれている（一六／三八〇九）ことからも、目の前に存在しない人を思い浮かべて詠ったものでしょう。形見とは記念の物、思い出の種であり、昔を思い出す手がかりとなるもののことを言いました。その「物」は過去の思い出の「物」だったり、「鏡」だったわけです。それらは呪術的な役割を果たしたからです。

「まそかがみ」は、巻一一、一二に多く詠われている「寄物」（形見）なのです。それに「犬と馬」の字が使われているのが愉快です。

☆☆☆

真間の手児名

ままのてごな

勝鹿の真間の井見れば立ち平し　水汲ましけむ手児名し思ほゆ

（原文）勝〈壮〉鹿之 真間之井見者 立平之 水は家〈武〉手兒名之所念

（仮名）かつしかの ままのゐみれば たちならし みづくましけむ てごなし おもほゆ

〇九／一八〇八　高橋虫麻呂《たかはしのむしまろ》

（意味）葛飾の真間の井戸を見ると　そこに立って水を汲んでいた手児奈が偲ばれます。

『万葉集』に幅と深みがあるのは東歌と防人の歌があるおかげだと、「母とふ花」（P164）で書きましたが、他にもその幅と深みに貢献している歌があります。民間伝説を詠った歌です。
民間伝説歌人と言われている高橋虫麻呂《たかはしのむしまろ》は七一九年（養老三年）ごろに、藤原宇合《ふじわらのうまかい》が常陸守《ひたちのかみ》であったころ、宇合の部下となったようです。下級官僚であったのですが、各地を回り、伝説を集めて歌にしています。実際にその伝説の土地へ行って詠っているので、その土地の匂いや音まで伝わってくるようです。

『万葉集』に三四首もの作品が入集していることからも、虫麻呂の歌は評価されていたということでしょう。長歌が一四首、旋頭歌が一首ありますが、なんと言っても、「真間《まま》の手児名《てごな》」の長歌と反歌が、これぞ民間伝説歌人と言わしめるほど生き生きとしています。冒頭の歌はその長歌の後の反歌なのですが、長歌でその伝説を過不足なく、心地よい言葉の流れで伝えてくれています。長いですが、訓読みと意味をご覧ください。

鶏《とり》が鳴く　東《あづま》の国に　いにしへに　ありけることと　今までに　絶えず言ひける　勝鹿《かつしか》の　真間《まま》の手児名《てごな》が　麻衣《あさぎぬ》に　青衿《あをくび》着け　ひたさ麻《を》を　裳には織り着て　髪だにも　掻《か》きは梳《けづ》らず　沓《くつ》をだに　はかず行けども　錦綾《にしきあや》の　中に包める　斎《いは》ひ子も　妹にしかめや　望月《もちづき》の　足れる面《おも》わに　花のごと笑

み立てれば 夏虫の火に入るがごと 港《みなと》入りに 舟漕ぐごとく 行きかぐれ 人の言ふ時 いくばくも 生けらじものを 何すとか 身をたな知りて 波の音の騒く港の 奥城《おくつき》に 妹が臥《こ》やせる 遠き代《よ》に ありけることを 昨日《きのふ》しも 見けむがごとも 思ほゆるかも

○九／一八〇七

（意味）東国に昔あったこととして、今まで絶えることなく言い伝えてきた、葛飾の真間の手児名が麻の服に青い襟を付け、麻糸を裳に織って着て、髪さえ梳《くしけず》らず、靴をさえ穿かずに歩いて行くけれども、錦や綾の中に包んで育てたお嬢様だってこの子にはかなわないでしょう。満月のように満ち足りた顔で、花のように笑みを浮かべて立っていると、夏の虫が火に飛び込むと言うように、港に入ろうと舟が漕ぎ入って来るように寄り集まり、男たちが求婚する時、人はどうせたいして生きられはしないのに、どういうわけか我が身の上を知って、波の音が騒々しく寄せる港の奥津城（墓）に、娘子は臥せっておいでなのでしょうか。遠い昔にあったことなのに、昨日見たかのようにありありと思われることです。

伝説ですので諸説ありますが、集約すると、葛飾の真間に美しい娘がいて、村中の評判で、彼女を取り合って男達の間で争いが絶えなかった、娘は悩み抜いた末、「私さえいなければ」

と思いつめ、海に身を投げて死んでしまったということになります。それを虫麻呂は右のように詠ったのです。

虫麻呂の歌では「真間の手児名」が美人だったかどうかかどうかわかりませんが、「美人」の手児名（娘）と訳しているのが多いです。万葉学者、『万葉集』好きはほとんどが男性なので、美人だと思ってしまうのでしょうね。わたしは、麻の服を着て、髪もとかず、靴もはけない貧乏な娘だったのに「満月のように満ち足りた顔で、花のように笑みを浮かべて立っている」と書かれると、性格が良くて、可憐で愛嬌があった娘だと解釈したのですが。ただ、伝説ではどれも相当の美人だったと伝えています。

井戸についてですが、葛飾の真間あたりは塩分が多く、飲み水に使える井戸は「真間の井」しかなかったので、たくさんの村人が水汲みに来ていたのです。その中に手児名がいて、その美しさが評判になったようで、他の娘たちからも美人だと思われていて、道のアシ（植物）さえも彼女に怪我をさせないように片方しか葉をださなかったと言う話まであります。

冒頭の反歌をみてみましょう。「勝鹿」は下総国葛飾郡で、江戸川下流沿岸を指し、「真間」

は千葉県市川市真間で、手児名は名前だという説もありますが、女性に対する一般的な愛称です。その娘が水汲みをしていたと言われる井戸に虫麻呂は立ち寄り、その姿を想い浮かべながら彼女のことを偲んだのです。その伝説の井戸は現在、市川市の「手児奈霊堂」の裏手に「真間の井」として残っています。

ところで、「真間の手児名」伝説の歌は虫麻呂だけではなく、山部赤人も詠っています。歌人としての評価は当然、山部赤人の方が上ですので、まずは赤人の歌を紹介して、さらに、高橋虫麻呂と言う人も詠っていますよと紹介する立場の人が多いようです。

どちらかが好きかと聞かれたら、わたしは僅差で高橋虫麻呂の歌を選びます。山部赤人の世界に憧れた時代もあったぐらい、赤人の歌が好きなのですが、「真間の手児名」について言えば、「手児名への思い入れ」が心を打つ虫麻呂の歌が勝ちです。

山部赤人の「真間の手児名」の歌（四三一―四三三）は赤人らしく、「手児名（人間）」よりも、手児名の墓とされている場所に樹木が茂る様子や、荒廃した墓に触れ、この悲話と手児名のことを忘れることはできないと詠います。人間の生々しさには目をやらず、冷静に、純粋に自然界のものに対峙し、そこから浮かび上がってくることやもの（感じ取ったもの）を通じて、初めて人間に目を向けます。まさにわたしの好きな赤人です。この歌も反歌で手児名のことを語り継ぎたいと結んでいます。

こうなると、赤人の「真間の手児名」の歌も知りたくなりますね。申し訳ありませんが、赤人の歌も長歌で、しかも二つも反歌がついているので、紙面の関係上、割愛させてください。それにしても赤人も全国あちこちに行っていますね。この歌も葛飾までやって来て詠っているのですから。

「真間の手児名」の歌は虫麻呂の歌は巻九、赤人の歌は巻三に収録されていますが、どちらも「挽歌」に入っています。伝説上の人物に対して「挽歌」というのは、やさしい心遣いが見えて、うれしさが募ります。それと、当然のことながら、「真間の手児名」は土地柄、東歌や防人の歌にも詠われています。

赤人が願った通り、「真間の手児名」は『万葉集』をひもとく人がいる限り語り継がれます。

☆☆☆

海松　みる

神風の 伊勢の海の 朝なぎに 来寄る深海松 夕なぎに 来寄る俣海松 深海松の
深めし 我れを 俣海松の また行き帰り 妻と言はじとかも 思ほせる君

（原文）神風之 伊勢〈乃〉海之 朝奈伎尓 来依深海松 暮奈藝尓 来因俣海松 深海松乃
深目師吾乎 俣海松乃 復去反 都麻等不言登可聞 思保世流君
（仮名）かむかぜの いせのうみの あさなぎに きよるふかみる ゆふなぎに きよるま
たみる ふかみるの ふかめしわれを またみるの またゆきかへり つま
といはじとかも おもほせるきみ　　　　　一三／三三〇一　作者未詳
（意味）伊勢の海の　朝なぎに寄り来る深海松　夕なぎに寄り来る俣海松
深海松のようにこんなにも深く思っている私を、俣海松のように戻ってきて

妻と言うまいと思っているのかしら、あなたは。

海松《みる》は干潮線から水深約三〇メートルの岩上に生える丸紐状枝からなる緑藻です。二股に分枝を繰り返し扇状になり、松の葉に似ているため「海松」と書きます。万葉の時代から「みる」と呼ばれ、食用、鑑賞用にされていました。大宝律令（七〇一）に朝廷に納める税のひとつとして記載があります。宮中で行なわれる新嘗祭《にいなめさい》には五穀、新酒、海産物が奉納されますが、小坪（神奈川県）産のミルもその一つです。伊勢神宮の神嘗祭のときの神饌《しんせん》、御饌《みけ》としても供されます。

今ではあまり馴染みのない海藻ですが、『万葉集』には五首詠われていて、いずれも長歌です。柿本人麻呂（二／一三五）、山上憶良（五／八九二）、山部赤人（六／九四六）、作者未詳二首で、山上憶良の歌は有名な貧窮問答歌です。山上憶良の歌以外はすべて、海の名前が登場し、深い海の底の海松を詠っています。人麻呂は石見（島根県）、赤人は（神戸と淡路島）、一三／三三〇二は紀の国（和歌山県）です。

今回の一三／三三〇一は伊勢の海の歌です。「神風の」は伊勢の枕詞です。長歌は短歌と比べて長いので読む気がしないと言う人がいますが、声に出して読んでみてください。何とも心地良く、流れのある、リズムに引き込まれます。この歌はたいそうな意味はありませんが、朝と夕を使用し、同じ海松のことを「深海松《ふかみる》」「俣海松《またみる》」と言い換えて、それが二回づつ出て来て、波のように愛する人が来ては帰って行くことを表わしています。

「海松色」という色があり、宮内庁雅楽部楽人の衣装は海松色の直垂《ひたたれ》ですし、海松文《みるもん》は平安時代の貴族の衣装（袍）に使用され、江戸時代になると「海松茶《みるちゃ》」「海松藍《みるあい》」という色が生まれました。

柿本人麻呂のヒノキの歌の章で、当時はいろいろな花や木をかざし（挿頭）にしたとご紹介しましたが、海の神様は海松をかざし（挿頭）にしたと『伊勢物語』に載っています。珍客が来たというので、昨夜、強風で浜に吹き寄せられた海松を高坏に乗せてご馳走に出しました。その時に主は次のような歌を詠います。「わたつ海」は「海の神様」、「いはふ」は「大切にする」ということです。

わたつ海のかざしにさすといはふ藻も　君がためには惜しまざりけり

（意味）珍しいお客さんのためには、海の神様がかざしにして大切にしていられるというこの海松も惜しくはないと言って贈ってくれました。

『源氏物語』にも登場します。「葵」の帖で光源氏が紫の君の髪を削いでいるときに詠った歌です。

はかりなき千尋の底の海松ぶさの　生ひゆく末は我のみぞ見む

（意味）限りなく深い海の底に生える海松のように、豊かに成長してゆく黒髪はわたしだけが見届けよう。

「海松」はそんな風に大事にされ、歌にも詠われる身近な存在だったのですが、今はその名前すら知らないという人が多いですね。海藻ですから食べられます。

二〇一五年の一～二月に開いた「万葉集を楽しむ会」で海松の歌をご紹介しました。七教室で一五〇人ぐらいの方にお話しましたが、ほとんどのみなさんは「初めて知った」ようです。また、茶道具の棗や香合の意匠としても使われているので、「貝と一緒に描かれている海藻のようなものが海松だったんですね」と感激の声をあげる方もいました。「食べてみたい」と言う方も当然いました。わたしも食べたことがありませんので、時期になったら「食べさせる店」を探そうと思っています。

貧窮問答歌にも「海松」は詠われていますが、「海松」は深い海と関連づけたものではなく、綿も入っていない布の袖無しの、海松のように破れて垂れたぼろだけを肩にかけて……というように、ぼろの比喩で使われています。

『万葉集』をひもといていると、今ではほとんど顧みられない海松のような運命（？）の植物にも出会います。海松のことを知った参加者のみなさんは喜ばれていましたが、海松は海松で、わたしの「万葉集を楽しむ会」で一気に注目されて大喜びだったと思います。

★★★

めづらし

めづらしき君が来まさば　鳴けと言ひし山霍公鳥何か来鳴かぬ

（原文）米豆良之伎 吉美我伎麻佐婆 奈家等伊比之 夜麻保〈登等〉藝須 奈尓加伎奈可奴

（仮名）めづらしき きみがきまさば なけといひし やまほととぎす なにかきなかぬ

一八／四〇五〇　久米広縄《くめのひろなわ》

（意味）すてきなあなたが来られたら鳴けと言っておいた山にいるほととぎすよ なぜ来て鳴かないのか。

この歌には次のような題詞がついていて、天平二〇年（七四八）三月二五日に詠われました。

事至水海遊覧之時各述懐作歌

大伴家持が越中守の時代、布勢の水海《みずうみ》に船を繰り出して遊覧をした時の歌です。家持歌日記によると「垂姫の崎から水海の南の岸部をたどり、乎布《おふ》へと船を進めた。初めの三首が垂姫の崎のあたり、次の二首が乎布の崎、そして最後に多古の崎で私が一首詠んでこの日の遊覧は終わった」とあります。冒頭の歌は乎布の崎で久米広縄が詠った歌です。

布施の水海は富山県氷見市を出入り口として、内陸の山裾に深く食い込み、遊覧ができるほどの広さを持った湖だったようです。現在はすっかり干拓され、十二町潟と仏生寺川がその名残と言えるだけで、当時の遊覧を偲ぶには相当の想像力が必要となります。

作者の久米広縄は大伴家持の部下です。家持が越中守の任務についた時の掾《じょう》（副長官の立場）は大伴池主でしたが、越前に転任したため、広縄がその後についたのです。天平二〇年三月に橘諸兄《たちばなのもろえ》の使者として田辺福麻呂《たなべのさきまろ》が大伴家持のもとを訪れます。歓迎の宴を開き、布勢の水海の遊覧に誘い、歓待します。

その遊覧の時に家持と福麻呂は互いに歌を詠いあいます。久米広縄も参加しましたが、この船には土師と言う遊行女婦《ゆうこうじょうふ》（各地をめぐり歩き、歌舞音曲で宴席をにぎわした遊女。うかれめ）も乗っていて、一緒に歌を詠っているのが目を引きます。広縄ですが、謹厳実直、真面目を絵に描いたような人物だったらしく、主賓の福麻呂がいるので、ホトトギスに鳴いて欲しいと思ったのに鳴かない、なぜ鳴かないのかと、ホトトギスを責めているのですが、結果的にそのことまで自分の責任のように思っているのです。

旧暦の三月二五日ですと、越中ではホトトギスはまだ鳴かないです。久米広縄の真面目さが伝わってきます。いろいろと気を使っている様子も感じられ、ほほえましく応援したくなるような人柄です。家持も彼のことを「よくやってくれた」と新任の部下をほめています。

三月二六日には奈良へ帰る福麻呂のために久米広縄亭で「宴」を開いています。このときもお互いに歌を詠いあっています。三月二三日から二六日まで、福麻呂が越中に滞在中に詠った歌（福麻呂、家持、広縄、遊行女含めて）が巻一八の四〇三二〜四〇五五になります。福麻呂も奈良では名を知られた歌人だったので、そんな人物と一緒に数日過ごしたのですから、歌心も刺激されて、たくさんの歌を詠い、家持は大満足だったことでしょう。

福麻呂も布施の水海が気に入って喜んで奈良へ帰ったようです。福麻呂は一説には橘諸兄の所領を検分に来たとのことです。『万葉集』に四四首の歌があり、歌では評価が高かったようです。広縄は九首で、それほどでもない作ですが、どれも彼の性格を感じさせる歌です。

さて、そんな事情のもとで詠われた四〇五〇ですが、「めづらし」が使われています。これには三つの意味があります。ひとつは「愛らしい」「すばらしい」「称賛すべき」、もうひとつは「見慣れない。今までに例がない」で、最後が「新鮮だ」「目新しい」です。ここでは「すばらしい」の意味で、誰のことを指しているのかおわかりだと思います。文脈を見ないと、どの意味かよくわかりませんが、『万葉集』では「すばらしい」という意味で使われているのが多いです。現代語では二番目の意味だけが残ったと言えます。

もうひとつ、「すばらしい」という意味で「めづらし」が使われている、わたしが好きな歌をご覧ください。花に対して「めづらし」が使われています。

時ごとにいやめづらしく咲く花を　折りも折らずも見らくしよしも

一九／四一六七　　大伴家持

（意味）四季それぞれにすばらしく咲く花を、折っても折らなくても、見るのは良いものだ。

これはホトトギスと季節の花を詠んだ長歌一首と反歌二首のうちの反歌一首目ですが、天平勝宝二年（七五〇）三月二〇日の作です。布勢の水海の遊覧の二年後の同じような季節ということになります。この歌の少し前に「紅にほふ」（P70）の歌を詠っています。次の年の七五一年には奈良の都に戻ります。布勢の水海の遊覧は珠玉の作品群を生み出した越中時代の一コマだったように思えます。

花に対する歌として、「折っても折らなくても」という所がまさに「めずらし」です。

それで思い出したのですが、時代はぐんとくだって「折るのも折らないのも惜しい」詠った良寛の歌があります。少し似ていますが、花は深見草（ぼたん）になります。

深見草今を盛りに咲きにけり　手折るも惜しし手折らぬも惜し　　良寛

☆☆☆

百重なす心

ももえなすこころ

我が恋は夜昼わかず　百重なす心し思へばいたもすべなし

（原文）吾戀者 夜晝不別 百重成 情之念者 甚為便無

（仮名）あがこひは よるひるわかず ももへなす こころしおもへば いたもすべなし

〇二／二九〇二　作者未詳

（意味）わたしの恋は夜昼の別もない。幾重にも心に思うので、どうすることもできない。

山口百恵《やまぐちももえ》が芸能界に出て来たとき、その名前の字を見て、「惜しい」と思いました。「ももえ」と言う字は「百恵」ではなく「百重」と書いて欲しかったからです。でも、それだと若い感じがしないかもしれない。だって、「百重」は『万葉集』にもある言葉なので……など、顔や歌よりもそんなことを考えたことを思い出します。

百の重なりの「ももえ」は数が多いだけではなく、限りを感じさせない言葉です。百重はどこにあっても、重なって、高く、深く、広く、そして長くまで含んでしまうのです。山や海や野原の広がりはもちろんのこと、思いの深さや心の広がりも表す言葉です。

長崎県の佐世保に九十九島《くじゅうくしま》があり、この夏に訪れたのですが、島は二〇〇以上あるそうで、これは数が多いということを表します。ここでは「つくも」と読まないのです。そう言えば、『万葉集』には九十九は見当たりません。『伊勢物語』に有名な「九十九髪《つくもがみ》」が出て来ますので、やはり平安時代に生まれた言葉かもしれません。

百年《ももとせ》に　一年《ひととせ》たらぬ　つくも髪　我を恋ふらし　面影に見ゆ

ただ、この歌もものすごく年を重ねた老婆と言う意味で使われていますが、今や日本では九十九歳でも健康で、とても年には見えない人がたくさんいます。

話が「九十九」にずれましたが、「百」に戻ります。「百重なす心」を『万葉集』の中で見つけたとき、それは恋をしていた時期だったこともありますが、その表現が心にくいほどぴったりであることに驚きました。恋しいと思う心が昼夜関係なく、幾重にも幾重にも浮かび上がって来て、その気持をどうしようもないと言う、まさに「百重なす心」だったのです。

この時、はるか約一三〇〇年前に詠われた『万葉集』の中にこんなにも自分の気持を代弁する表現があるのは、万葉の人達のＤＮＡが途切れることなく、連綿と引き継がれて、自分の中に残っているからであろうと納得したのです。

「百」と言えばもうひとつ、大事な「百」があります。わたしは小学生のころから詩や文章を書くのが好きで、夏休みの自由課題などで詩を書いて提出すると賞をもらったり、ほめられたりしたこともあったからでしょうか。お正月に遊ぼうと言って、父が『百人一首』を買ってきたのです。弟と妹はまだ小さかったから、わたしがその『百人一首』の保管責任者に任命（？）されました。つまり、後片付け役です。百の札がそろっているかどうかを確認して保管しておくというのが役目だったのです。

最初はその役目は嫌いでした。渋々、札を眺めながら数を数えていると面白いことに気がついたのです。下の句の札は木でできていて、字は筆で書かれていました。父母から「これやで」と教えられて札を取っていましたが、変な（当時はそう思いました）字がたくさんあったのです。「なんで、『わ』と言う字を己と書くんやろ」と疑問に思いながら、その札をしげしげと眺めていました。

母にきいたら「変体仮名」だと言うだけで、それ以上の説明はありませんでした。何年かが過ぎたある日、その己と読んでいた字は実は「王」の字の崩し字で、それは「わ」と読むことを知ったのです。『万葉集』が漢字で書かれていることも同時に知りました。テストで満点を取るよりうれしかったのを覚えています。

さて、その『百人一首』ですが、その後、家族五人が楽しめる遊びになりました。時間があれば『百人一首』でしたので、保管責任者のわたしも大忙しでした。父か母が読み札担当で、弟も妹もわたしも必死で札をにらんでいたものです。弟も妹も「十八番」の札があって、わたしはその札は姉として譲っていました。すぐに百首を暗記してしまっていたので、上の句が読まれている時にもうすでに下の句の札を探すことができたからです。暗記が得意だったので、意味などはまったく考えずに音だけで覚えたのです。

百敷《ももしき》や　古き軒端《のきば》の　しのぶにも　なおあまりある　むかしなりけり

順徳院（一〇〇番）『続後撰集』雑下・一二〇五

この歌の「ももしき」が宮中の意味だとわかったのはもう何年も後のことですが、この「ももしき」という言葉が読み札では「百敷」と書いてありました。きっとたくさんの敷物があったのだろうねと言うぐらいの想像で、まさか、宮中のことだったなんて……。でも、そのときから「百」は「もも」と読むことを知っていました。

『百人一首』は音だけで覚えたので、内容はわからないうちに、または疑問を感じたままで、『万葉集』に出会いました。国語の授業で、『万葉集』は約四五〇〇もあると聞いて驚きました。ゲームにも関係ないので、覚える必要もなかったのですが、気に入った歌は暗記していました。

古文の授業では文法に時間を取るせいか、限られた有名な歌だけしか習いません。「『万葉集』は四五〇〇もあるのにたったこれだけしか教えてくれないの、『古今和歌集』なんか一一一一しかないのに、これだけ出てくるのは不公平だ」と不満に思いました。いつか、もっとたくさん『万葉集』の歌を知りたい、きっと、好きになる歌にたくさん出会えるにちがいないと楽しみにしていました。大学生になって、それがかなったのです。どっぷりと『万葉集』に浸ることができるようになりました。

そして、「百重なす」に出会ったとき、すぐにこれを「ももえ」と読めたのです。友人に「美重子《みえこ》」さんとか「八重《やえ》」さんがいたこともありますが、『百人一首』のおかげです。『万葉集』に百重の歌は五首、五百重《いおえ》の歌は六首、千重《ちえ》、百重と両方が入る歌は三首あり、「重なる」の歌が多いのです。どれも数が多いと言う事を現わすのですが、百、五百、千と小刻みであり、その中に五百があるのが面白いと思いました。

ほとんど、時を経ずに五百重娘《いおえのいらつめ》と言う女性に気がつきました。藤原鎌足の娘で藤原不比等の妹です。後に大原大刀自《おおはらのおおとじ》、藤原夫人と言われた人物です。天武天皇の夫人となり、新田部皇子《にいたべのみこ》を産みます。天武天皇没後、不比等（異母兄）の妻となり、藤原麻呂を生む女性です。『万葉集』では天武天皇と雪の歌を交換しています。とても初々しい感じがする歌です。

『百人一首』との出会いがなければ、『万葉集』をこんなに気軽に好きになることはなかったと思います。楽しかった家族での『百人一首』と保管責任者の任務を思い出しながら父に感謝です。

★★★

『百人一首』の札

八衢　やちまた

橘の本に道踏む八衢に　物をぞ思ふ人に知らえず

(原文) 橘 本尓道履 八衢尓 物乎曽念 人尓不所知
(仮名) たちばなの もとにみちふむ やちまたに ものをぞおもふ ひとにしらえず
豊島采女《としまのうねめ》
〇六／一〇二七
(意味) 橘のもとで道を踏み歩く　その分かれ道のように物思いにふけっています。
あの方に知られないまま。

ほとんど毎年、千葉県の鴨川シーワールドへ行きます。シャチに会いに行っているのですが、必ず、千葉の名産品を買って帰ります。毎回買うのは落花生（ピーナツ）です。八街のピーナッツは生産量、作付面積、品質、名実共に「日本一」だそうです。おいしいので、よく買うのですが、八街を「やちまた」と読むと知ったのは三年前だったでしょうか。「やちまた」と読むのなら「『古事記』とか『万葉集』にゆかりがあるのかしら」と思って調べてみました。

明治の初期、新政府が徳川幕府の放牧地であった小金牧、佐倉牧の開墾を進めました。開墾着手の順番に名前がつけられたのです。初富《はつとみ》、二和《ふたわ》、三咲《みさき》、豊四季《とよしき》、五香《ごこう》、六実《むつみ》、七栄《ななえ》、八街《やちまた》、九美上《くみあげ》、十倉《とくら》と続きます。つまり、八街《やちまた》は残念ながら、『古事記』にも『万葉集』にまったく関係ない名前だったのです。

衢《ちまた》は「道股《ちまた》」であり、分かれ道、交差点のことです。「八衢《やちまた》」というと多くの道が交差する場所ということになります。四衢八街《しくはちがい》という四文字熟語がありますが、大きな通りが四方八方に通じた大きな町という意味です。「衢」「街」も四方に通じる道とあります。八街《やちまた》の名前をつけた人はこういう事をすべて知っていたのでしょうね。一から一〇までの名前の付け方を見ても相当、教養がある人のようです。

さて、『万葉集』の一〇二七の歌ですが、橘を植えてある道を多くの人が行き来しています。

その道が枝分かれしているのでどの道を行くべきか迷うように、あなたのことを思い悩んでいますというような意味にとれます。あえて、橘でなくても良いのですが、ここは橘でないとだめなのです。

この歌には題詞と長い左注《さちゅう》がついています。

題詞は**（秋八月廿日宴右大臣橘家歌四首）**となっていて、秋、八月二〇日に橘諸兄の家で開かれた宴席での歌というのがわかります。「橘」というのはみかんの原種のようなものですが、当時は柑橘類すべてを指したようです。夏にホトトギスと一緒に詠われますね。でも、この歌は秋に詠われています。ホストである橘諸兄を引き立てるために「橘」を使ったものと言えます。

右一首右大辨高〈橋〉安麻呂卿語云　故豊嶋采女之作也　但或本云三方沙弥戀妻苑臣作歌也　然則豊嶋采女當時當所口吟此歌歟

左注では「右の一首は右大弁の高橋安麻呂卿が語っていうには、亡くなった豊嶋采女だと。

ただし、或本には三方沙弥《みかたのさみ》が妻の苑臣を恋いしたって作る歌ということである。そうならば、豊島采女はその時、その場所でこの歌を口ずさんだものであろうか」と、作者は豊嶋采女であるかどうか疑問だと言っているのです。

左注は歌の後（左側）につけられるもので、作歌の事情、作者に関すること、異伝などが記されています。和歌の作者がつけたもの、編者がつけたもの、後の時代の人がつけたものがあります。『万葉集』には似たような歌が多く、どちらが先に作られたか、誰がどの歌を参考にしたか、また、民謡のように広く知られていた歌なのか、よくわからないものがあります。

疑問点や諸事情などがこの左注に書いてあるというのは正直であり、また、読者に考える余地を与えたりするので、わたしは左注が好きです。というより、左注があるとその歌が妙に身近に感じてしまいます。

それではみなさんにも考えてもらいたいので、この左注に書かれた三方沙弥の歌をご紹介しておきます。

橘の蔭踏む道の八衢に物をぞ思ふ妹に逢はずして［三方沙弥］
（原文）**橘之 蔭履路乃 八衢尓 物乎曽念 妹尓不相而**［三方沙弥］
（仮名）たちばなの かげふむみちの やちまたに ものをぞおもふ いもにあはずして
〇二／〇一二五　三方沙弥
（意味）橘の影を踏む分かれ道のように、あれこれ思うのです。あなたに逢わないので

さあ、みなさん、いかがでしょうか。橘、八衢、物思ふが同じように使われています。よく似ていますね。どちらが先に作られたのでしょうか。難しいですね。どちらが好きかと言われると簡単なんですがね。ちなみにわたしは豊嶋采女の歌の方が好きです。「人に知らえず」と言う最後が気に入っているので。

鴨川シーワールドへは、これからも毎年行くつもりです。日本の歴史を感じさせる町や土地の名前が市町村合併などで、どんどんと消えて行きます。たとえ、明治につけられた名前であっても、『古事記』や『万葉集』を思い出させてくれる町があることを知ってほっとしました。今後もその名前を使い続けてくれることを祈りながら、八街のピーナツを買って帰りたいと思っています。

☆☆☆

夕蔭草

ゆうかげくさ

我がやどの夕蔭草の白露の　消ぬがに　もとな思ほゆるかも

（原文）吾屋戸之 暮陰草乃 白露之 消蟹本名 所念鴨

（仮名）わがやどの ゆふかげくさの しらつゆの けぬがに もとな おもほゆるかも

〇四／〇五九四　笠女郎《かさのいらつめ》

（意味）庭の夕陰草の葉に置く白露が消えてしまうかのように　ひたすらに恋い焦がれているのです。

笠女郎《かさのいらつめ》は坂上郎女《さかのうえのいらつめ》と並び称される『万葉集』の後期を代表する女流歌人です。『万葉集』に二九首、巻四に二四首収められています。この二九首すべてが、大伴家持に宛てられた恋の歌です。それに対して、家持は笠女郎に二首しか歌を返していません。そのことから、家持はあまり彼女に気がなくて、笠女郎は片思いだったと結論づけている人が多いのですが、はたしてそうなのでしょうか。

読者のみなさんと一緒に笠女郎の恋の歌を見て行き、大伴家持とどんな関係だったのかを想像してみたいと思います。みなさんも想像してみてくださいね。

まず、わたしの好きな冒頭の歌ですが、何と言っても「夕蔭草」、これがすばらしいです。『万葉集』には「思い草」や「忘れ草」があり、「思い草」はナンバンギセルであり、「忘れ草」はカンゾウと言うことで定着していますが、「夕蔭草」はムクゲだという説がありますが、これは即、却下ですね。ムクゲは草ではなく、木ですし、葉は露が降りるような風情はありません。

「夕蔭草」は夕日の鈍い光の中に見える草、または何かの陰に生えている草だと思います。どうも花が咲いているとは思われません。文脈から考えても明るく立派に咲いている花の葉だと、今にも消えてしまいそうな白露のイメージが、それこそ消えてしまいます。笠女郎はその「夕蔭草」と自分を重ね合わせているのですから、蔭に生えている草が適切かもしれません。

「がに」は「〜のように」の意味で、「もとな」は「わけもなく」とか、「みだりに」という意味です。白露が消えてしまうかのように、そんなわたしですが「ひたすら恋焦がれてる」というのはいい訳ですね。自分の立場を最弱にして、気持だけは最高にするという歌の構成は見事です。

もうひとつ、笠女郎の歌でわたしの好きな歌をご紹介します。こちらは巻八になります。

水鳥の鴨の羽色の春山の　おほつかなくも思ほゆるかも　○八／一四五一

(意味) 水鳥の鴨の羽の色をしている春の山がぼんやりと霞んでいるように　あなたの心が分からなくて不安に思われるのです。

「水鳥の」は「鴨」にかかりますが、「水鳥の鴨の羽色の春山の」と、「の」が四つあるのが気に入っています。「はいろのはるやま」と「は」の音を繰り返すのは「うまい」です。「かも」が二回出て来るのもいいですね。全体にリズムがいい歌です。

余談ですが、最後の「かも」は感動・詠嘆の終助詞ですが、「鴨」の字が使われることが多いのです。ただ、本文に鳥の鴨があるときはさすがにそれは使わないだろうと思っていました。この歌も原文は左記になり、「可聞」ですね。ところが、鳥の「鴨」が本文にあり、終助詞の「かも」に「鴨」を使い、二回「鴨」の字が出てくる歌を見つけました。思わず「やった～～」と叫んでしまいました。

水鳥之　鴨乃羽色乃　春山乃　於保束無毛　所念可聞

この歌は鴨の美しい羽の色から春の山を思い浮かべるのです。「おぼつかなくて」が味わい深いです。ぼんやりしている、不安だ、疑わしい、気がかりだというような意味ですが、霞がかかり「ぼんやりしている」春山ですが、作者の心は芽吹いたばかりの木々が、これからしっかりと育ち、夏山のはっきりした緑色に変わっていけるだろうかという不安があります。相手の気持がわからず、笠女郎の恋の頼りなさが「おぼつかなくて」で巧みに表されています。

このような歌が二九首あるのです。ほとんどの歌が自然を題材にして、自分の立場を詠っています。植物としては「なでしこ」が出てきますが、あとは夕蔭草、紫草、菅《すげ》、松などであり、どれも地味ですね。また、波、風、川、寺、海、朝霧など、幅広く題材を見つけています。

笠女郎の歌は「恋しい」、「会いたい」と、恋心を相手に直接的に訴えたりしないのです。恋する自分の状態や気持を歌にしています。ご紹介した二首は「ひたすらに恋い焦がれているのです」「あなたの心が分からなくて不安に思われるのです」ですね。他の歌はと言うと「ずっと慕い続けておりました」「あなたが恋しくて、もうどうしようもなくなり、嘆くばかりです」「死にそうなほどの思いで、ずっと恋をし続けるのです」「ずっと恋し続けているのです」「あなたのことを思って私は寝るに寝られません」などなどです。

いかがでしょうか。わたしは恋の専門家ではありませんが、どうも恋そのものよりも恋の歌を作ることを楽しんでいるように思えるのです。もちろん、家持と言う相手がいないと作れない歌ですし、家持への恋心はあったと思いますが、激しい情熱は感じられません。

「もし思うだけで死んでしまうものであるなら、私は千遍も繰り返し死んだことでしょう」という歌（左記）がありますが、言葉の激しさの割には激情はなく、妙に冷めているように感じます。本当に恋焦がれていたら、こんな歌は作れないような気がします。

思ふにし死にするものにあらませば　千たびぞ我は死に還らまし　〇四／六〇三

わたしは笠女郎は恋の歌を大伴家持に贈ることによって、自分の歌を評価してもらいたかったのではないかと思っています。これだけ、多くの恋の歌を家持に詠いながら、「返事がない」ことを責めたり、「つれない態度」を嘆いたり、家持の妻や他の女性に嫉妬したりするような歌がないからです。

大伴家持が笠女郎にあてた二首の歌（左記）は、二九首も恋の歌をもらった人への返事でしょうか。わたしは案外、家持の方がその気になってしまったけれど、笠女郎の方は「あら。わたしは恋の歌を作って贈っただけなのよ」と言ったような気がしてなりません。

今更に妹に逢はめやと思へかも　ここだく吾《あ》が胸鬱《いぶ》せくあるらむ　○四／六一一
（意味）もうこの上あなたに逢えないと思うからだろうか。これほど私の胸が鬱々としているのは。

中々は黙《もだ》もあらましを何すとか　相見そめけむ遂げざらまくに　○四／六一二
（意味）こんな中途半端なことになるのだったら、いっそ黙っていればよかった。どんなつもりで逢いはじめたのだろう。思いを遂げることなど出来はしないのに。

わたしの勝手な想像でこの章を終わりにします。笠女郎が家持に贈った恋の歌が二九首も『万葉集』に載せられているということは、笠女郎の歌が認められたということになります。彼女は（作戦成功で）大喜びだったと思います。笠女郎の恋の歌はその細やかな恋情の表現力から見て、坂上郎女よりも上かもしれません。

☆☆☆

吉事　よごと

新しき年の初めの初春の　今日降る雪のいやしけ吉事

（原文）新 年乃始乃 波都波流能 家布敷流由伎能 伊夜之家餘其騰

（仮名）あらたしき としのはじめの はつはるの けふふるゆきの いやしけよごと

二〇／四五一六　大伴家持《おおとものやかもち》

（意味）新しい年の初めの初春の今日降る雪のように　吉い事が積もり（重なり）ますように。

『万葉集』最後を飾る歌です。この歌が一番好きだという人がとても多いです。かく言うわたしも、順位はつけられないけれど、大好きな歌一〇の中に入ります。この歌はお正月に詠われています。新しい年の喜びと清々しさ、そこで良きことが重なりますようにと願う、お正月のあり方、過ごし方、そのときの心情が連綿と引き継がれてきて、わたしたちのＤＮＡを刺激するからにちがいありません。

年賀状に「新年おめでとうございます。皆様のご健康とご多幸をお祈りいたします」や「今年も良き年でありますように」と書いてあったりすると、若いころは「こんな常套文句、古臭いなあ」とか「おおげさやなあ。そんなん、本当に願ってるんやろか」と思ったものです。それが年を経るにつけ、少しづつ、これらの言葉が心に添い出すようになり、いつのまにか、年賀状では気持ちを込めて「ご多幸」を書き、「良き年でありますように」と願うようになりました。

新しきは「あらたしき」と読んだのですが、平安時代に「た」と「ら」が入れ替わってしまいました。万葉の時代は「あたらし」と言えば、口惜しいという意味でした。でも、「新」は意外と「あらた」として、現代に残っています。「新《あらた》」と言う名前の男性がいましたが、誰もが「あらた」と何の疑問もなく、読んでいました。「あらた」の方が口調がいいからでしょうか。

「いやしけ」はますます重なる、しきりに起こるという意味で、「いやしけ吉事《よごと》」は、ここでは雪がしきりに降るように良いことが重なって欲しいということです。

題詞は**三年春正月一日於因幡國廳賜饗國郡司等之宴歌一首**とありますので、天平宝字三年（七五九）の一月一日に因幡国で、郡司等を集めた宴で詠われたということですね。

家持が因幡国の国守に任命されたのは前年の天平宝字二年（七五八）六月一六日です。七月五日に家持の送別会が開かれています。そのときに詠われたのが、萩の花をかざさずに別れるという歌、「かざし（挿頭）」（P６５）でご紹介しています。この因幡国守の任命は明らかに左遷であり、「萩の花をかざさずに」は家持の心の嘆きが現れています。

都から因幡には当時、六日かかったということですので、着任したときは七月の中旬になっていました。大伴家持は四一歳だったと言います。国守としての仕事に着手し、新しい年を迎え、郡司等を集めて宴を開きました。家持は『万葉集』の歌人ではありますが、あくまでも政治家でしたので、新年にあたり、所信表明などもしたことでしょう。

家持は左遷を含め、大伴家の立場の危うさを甘受するだけで、抵抗したり、事を起こしたりはしなかったのですが、それを行動に移すタイプの人物と友人であり、交流がありました。そのため、家持も連座しているとみなされ、降格されたり、地方に飛ばされたりしたのです。それは現代社会でもみることができますが、当時の政治の世界での権力争いはすざましいものがあり、クーデターのようなものがよく起きました。

家持が巻き込まれたのは「橘奈良麻呂《たちばなのならまろ》の乱《らん》」です。相手の藤原仲麻呂が勝ち、淳仁天皇《じゅんにんてんのう》を即位させ、権力を得て、恵美押勝《えみのおしかつ》の名前をもらいます。一方、奈良麻呂は捉えられ、拷問死したと言われています。

家持は中央から離れた因幡で、悲傷の三年半を過ごします。都に帰ってからは権力に近いところにいたため、家持は出世したり、降格されたりします。七八二年（桓武天皇の時代になっています）に陸奥按察使鎮守将軍《むつあぜちちんじゅしょうぐん》に任命（兼務）され、多賀城（宮城県）へ向かい、そこで六八歳で死んだと言われています。埋葬も済んでいないのに、藤原種継暗殺事件に主謀者として関与したとされ、生前に遡って除名処分を受けます。息子の永主らも隠岐へ流罪になります。八〇六年になって、従三位に復位されたと記録に残っています。
　政治に翻弄され続けた人生ですが、関西弁で言えば死んでからも「えらい目にあわされた」と言えます。それでも大伴家持は政治家として高い地位にいたからこそ、防人の歌を集め、選ぶこともできたし、越中で自由に歌を詠う事もできたし、また、『万葉集』を編纂することができたのではないかとわたしは思うのです。つまり、彼の振幅の激しい政治家人生が様々な経験を通して、ひろがりのある、深みのある、また、親しみの持てる歌を詠わせたということなのです。因幡の国もそこへ左遷されなければ、「新しき」の歌は生まれていなかったでしょうから。

　この因幡の国に行く相当以前から、家持の身の上の危うさは始まっています。みなさんもよくご存知の、中学生の国語の教科書に載っていた次の歌もそのような状況のときに詠ったものです。単なる、春の憂鬱ではありません。天平勝宝五年（七五三）二月二十六日の歌です。その前年の七五二年が東大寺の大仏開眼供養の年ですので、相当の社会不安の時期だったことが推測できます。四二九〇、四二九一、四二九二は「春愁三首」と称され、家持を代表する名歌と言われていますね。

うらうらに照れる春日《はるひ》に　ひばり上がり心悲しも独し思へば　二〇／四二九二

（意味）うらうらと照っている春の日にひばりが舞い上がっているけれど、心は悲しい。一人でもの思いをしていると。

この歌も大好きな歌なのですが、暗記をしていて気がついたことがあるのです。「らら、りりり、るる、れ、ろ」と、なんと、「ら」行の字がすべて使われていて、わたしは「ら行の歌」と名付けています。

う|ら|う|ら|にてれ|る|は|る|ひに　ひば|り|あが|り|ここ|ろ|かなしも　ひと|り|しおもえば

家持は橘諸兄《たちばなのもろえ》と親交が深く、諸兄の宴で歌を詠んだりしていますが、この歌の後、諸兄と距離をおかざるをえなくなります。諸兄は酒席で聖武天皇に対して不敬の言があったと讒言され、辞職を申し出、引退します。諸兄の息子が奈良麻呂で「橘奈良麻呂の乱」を起したのです。聖武天皇は七五六年に崩御しますので、「うらうらに」のころから、すでに、家持の立場は微妙になってきていたことが想像できます。

このように見て行くと、冒頭の歌は家持の切なる願いでもあったということがわかります。今では雪と言えばスキーや雪かきの大変さぐらいしか思い浮かびませんが、「雪は豊年の瑞《しるし》」という諺があるように、雪は喜ばれたのです。特に新春の雪はその年の豊作を示す吉兆とされていました。社会不安と政治不安の中で政争に破れ、失意の中で家持が詠んだ歌だと思うと、このおめでたい歌に込められた強くて、深い思いがずしっと伝わってきます。

新しい年に雪が降り、降り積もることは家持にとって、豊作の吉兆だけではなく、名門大伴家の復権の吉兆であり、久しぶりに気分が晴れたのかもしれません。

『万葉集』に家持の歌は四七三首もあります。四五〇〇余りに及ぶ膨大な歌を編纂した（できた）のはやはり家持以外にいないとわたしは思っています。『万葉集』をこの歌でしめくくること自体、編纂者の構成力が示されるわけで、仕上げ良ければすべて良しとなります。この歌は『万葉集』の最後の歌として、最高、最適の歌です。そして、家持は『万葉集』最後の歌を自分自身の最後の歌にしたのでしょうか。もう歌は作らないと決心したのでしょうか。

これ以後、二五年間も生き長らえているのに、家持の歌は残っていないのです。『万葉集』は「万代《よろずよ》の後まで栄える歌の集であれ」との祈りを込めて、後の世のすべてに人に対して、この新春に降る雪の吉兆が及びますようにと、ますます、「良きことがありますように」と願って結びにしたのです。この歌を詠った後、『万葉集』が後世に残り、語り継がれることを確信したのです。または、それを確信したから、この歌を最後にしたのです。大伴家持は役割を果たしたと判断して、「歌人家持」を自ら葬ったのです。これがわたしの持論です。

家持の歩んできた波乱の人生の節々で詠われた歌を思い浮かべながら、本書をしめくくりたいと思います。

☆☆☆

新春ではありませんが、雪も降り積もっておりませんが、家持の心もお借りして、読者のみなさまに「いやしけ吉事」を願いながら。

あとがき

「ふふめり」を八月六日に書き始めました。最初に「心惹かれる」言葉を選び出し、さらさら文章が進みそうな「万葉ことば」から書いていきました。「あいうえお順」に書いたわけではないので、後から、前後の調整をしました。脱稿まで約四〇日、一日中パソコンの前にいる日もありました。右手が麻痺状態になり、首が回らなくなっても、夫が話しかけてきても、「執筆中」とひたすら『万葉集』の世界に入り込んでいました。そっとコーヒーが出てきた時も「ありがとう」と左手で受け取るやいなや、キーボードに手が戻るのでした。

そんな苦難（夫にとって？）を乗り超え、最後の「吉事《よごと》」を書きあげた時は夫や「万葉集を楽しむ会」へ参加してくださっている方々だけではなく、世の中のすべてに感謝したい気持になりました。それは、わたしの好きな「万葉ことば」たちと一緒に過ごす時間を集中的に取る（取らせてもらう）ことができたことに対しての感謝であり、また、その時間がとても楽しく、この上もなく幸福だったからです。

「万葉ことば巡り」としたのは、わたしが『万葉集』の中をあちこちまわり歩く（まわり読む）のが好きだからです。また、「巡る」というのは巡り合いの意味もありますね。今回の巡り歩きで、三九の「万葉ことば」を選びました。thank you（サンキュー）の意味を込めたからです。万葉の人たちの戯書などを見ていると、わたしも戯れてみたくなりますもの。でも、関連する歌がたくさんあるので、それらは本文内に散りばめました。

書き終わった幸福感の中で、読み返して、全体像を見てみました。これがとても楽しみでした。いくつかの傾向がある事に気がつきました。おそらく、わたしの人生観が反映されているのでしょう。「作者未詳の歌が好き」なのは歌人の名前で歌を評価しないからだと思います。「女性の歌が好き」なのは、二〇年以上、「女性管理職交流会」を続けていますので、活躍する女性に注目してしまうからです。「悲劇の歌人が好き」なのは歴史が無残に葬り去った人物を『万葉集』が鮮やかに再登場させ、存在感を示していることに深い喜びを感じているからです。

「大伴旅人、家持親子が好き」なのは性格もありますが、高い地位の政治家であるがゆえに、歴史の波に翻弄されながら、その喜怒哀楽を素直に歌にしているからです。単なる「歌詠い」ではなかったからです。もちろん、彼ら彼女ら以外にも『万葉集』の歌人は『万葉集』を読めば読むほど、個性が浮き彫りにされ、魅力的な人がたくさんいたことを知らされます。

ここで重要なことを告白しないといけません。もうひとつ、この本に入れようと思っていたのに、入れていない大事な「万葉ことば」があります。大伴旅人、家持親子の「つばらかに」と「つばらつばらに」です。あとがきに入れるなんて、叱られそうですが、逆にここに入れる方が目立って心に残りやすいという戦術なのです。（仕事の癖が抜けませんね）

奥山の八つ峰《を》の椿　つばらかに今日は暮らさね大夫《ますらを》の伴《とも》

一九／四一五二　**大伴家持**

（意味）奥山の峰々に咲くつばきの名のように、「つばらかに（心行くまで）」今日一日楽しくお過ごしください、ますらおたちよ。

浅茅原《あさじばら》つばらつばらにもの思《も》へば　古《ふ》りにし里し思ほゆるかも

〇三／三三三　大伴旅人

（意味）しみじみと物思いにふけっていると　古里のことが思い出されてきます。

「つばらかに」は「つまびらか」の意味で、詳しいさま、十分なさまを言います。「つばらかに」は心行くまでの意味になり、「つばらつばら」はそれが重なったものです。ひとつひとつ詳しくということになりますが、物思いですから、「しみじみと」が適切ですね。親子でこの「つばら」を使っているのが阿吽《あうん》の連携を感じさせます。

これら二つの歌は「つばき」→「つばら」、「あさぢばら」→「つばらつばら」というように音の繰り返しを巧みに使っています。大伴家持は越中守のときに、大伴旅人は大宰府の帥《そち》のときに詠ったものです。鶴屋吉信のお菓子に「つばらつばら」というのがあります。もし、これを食べる機会がありましたら、「つばらかに」も思い出してください。

今回の「万葉ことば巡り」はこれで終わりにしようと思ったら、なんと、もうひとつ残っていました。でも、これはご紹介いたしません。今まで生きてきて、数えきれないぐらい「心残り」がありましたが、いつのまにか、「心残り」が好きになりました。心をそこに残しておくことなので、密かな喜びになったのです。

そんな「心残り」のある本ですが、みなさんには「つばらかに」『万葉集』を楽しんでいただき、「つばらつばらに」万葉の世界に浸っていただければと願っております。

この本を書く大きな原動力になったのはひとえに「あいざいやゆうと万葉集を楽しむ会」参加者のみなさんの笑顔です。みなさまにはこの場を借りて厚くお礼申し上げます。

また、この本の出版については叢文社の佐藤由美子さんと足立典子さんと、甘いものを食べながら、楽しく進めることができました。「女三人で甘いもの」というのは威力を発揮しますね。お二人と「甘いもの」にも感謝です。

最後に執筆期間中、「えらい目にあわされた」と半ば冗談を言いながら、「苦難」を耐えしのび、コーヒーを作ってはパソコンのそばに持ってきてくれた夫に心からの「ありがとう」を捧げます。

平成二七年神無月吉日　吾意在野《あいざいや》　游《ゆう》

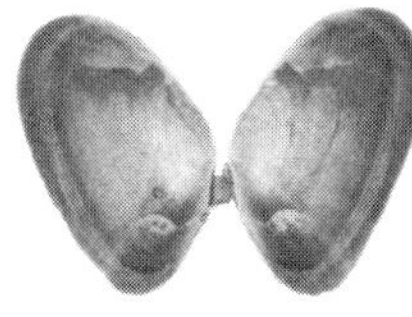

『万葉集』の構成と本書掲載の歌

巻	番号／歌種類	内容	本書掲載の歌（タイトル）	作者
1	〇〇〇一～〇〇八四 長一六、短六八	雑歌、雄略天皇の時代から、舒明・斉明・天智・天武・持統・文武・元明天皇の時まで、行幸・遊宴を中心に宮廷関係の歌が多い	采女（うねめ） つらつら椿 真幸く（まさきく）	志貴皇子 坂門人足 有馬皇子
2	〇〇八五～〇二三四 長一九、短一三一	相聞・挽歌が多い。歌の時代は巻一とほぼ同時期。宮廷関係の歌が多いことも同様。	暁露（あかときつゆ） 立ちよそひたる うはぎ 百重なす心（ももえなすこころ）	大伯皇女 高市皇子 柿本人麻呂 作者未詳
3	〇二三五～〇四八三 長二三、短二二九	雑歌・譬喩歌・挽歌から成っている。皇室関係は激減し、抒情的、叙景的傾向が強まる。	年深み（としふかみ） 義之（てし）	山部赤人 余明軍
4	〇四八四～〇七九二 長七、旋一、短三〇一	全て相聞。最多は大伴家持。越中赴任の前、天平一六年頃までの歌の贈答歌が多い。	夕蔭草（ゆうかげくさ） 恋ひ恋ひて（こいこいて）	笠女郎 坂上郎女
5	〇七九三～〇九〇六 長一〇、短一〇四	大伴旅人、山上憶良らを中心とする知識人たちの風流・述懐・贈答の集といった性格を持つ。	言とはぬ（こととわぬ）	大伴旅人

巻	歌番号・歌数	内容	本書掲載の歌	作者
6	〇九〇七～一〇六七 長二七、旋一、短一三三	巻一の伝統を受け継ぎ、宮廷和歌の伝統を保持するものが多い。吉野などへの行幸の時の歌が多いのが特徴。	黄土（はにふ） かけまくも 八衢（やちまた） 恋忘貝（こいわすれがい）	安倍豊継 作者未詳 豊島采女 坂上郎女
7	一〇六八～一四一七 旋二六、短三二四	雑歌・譬喩歌・挽歌から成っている。作者不明なものが多い。柿本人麻呂歌集にあるとされている歌がかなりある。	かざし（挿頭）	柿本人麻呂
8	一四一八～一六六三 長六、旋四、短二三六	歌を四季ごとに分けて載せている。各々、雑歌・相聞歌がある。	ふふめり（含めり） 散らまく惜しも（ちらまくおしも）	大伴村上 長屋王
9	一六六四～一八一一 長二二、旋一、短一二五	雑歌・相聞歌・挽歌から成り、各々はだいたい年代順になっている。旅と伝説の歌が多い。	真間の手児名（ままのてごな）	高橋虫麻呂
10	一八一二～二三五〇 長三、旋四、短五三一	歌を四季ごとに分けて載せている。各々、雑歌・相聞歌がある。七夕を詠んだ歌が九八首もあるのが特徴的。	卯の花月夜（うのはなづくよ） 櫂の散り（かいのちり） 思ひ草（おもいぐさ）	作者未詳 作者未詳 作者未詳

11	二三五一～二八五〇 旋一七、短四八〇	旋頭歌、正述心緒、寄物陳思、問答などから構成されている。柿本人麻呂歌集からの歌も多い。	憎くあらなくに 牛窓（うしまど） 玉の緒（たまのお）	作者未詳 作者未詳 作者未詳
12	二八五一～三二一〇 短三八三	短歌のみの巻。正述心緒・寄物陳思・問答・羇旅発思・悲別から構成されている。	まそかがみ	作者未詳
13	三二二一～三三四七 長六六、短六〇、旋一	雑歌・相聞・問答・譬喩歌・挽歌の五部より成る。旋頭歌が反歌になっている例（三二二三）がある。	はしきやし 海松（みる）	作者未詳 作者未詳
14	三三四八～三五七七 短二三八	短歌のみ。東歌とタイトルされ、上総・下総・常陸・信濃・遠江・駿河・伊豆・相模・武蔵・陸奥などの国々の歌が収録されている。	たよらに	作者未詳
15	三五七八～三七八五 長五、旋三、短二〇〇	遣新羅使の歌と中臣宅守と狭野茅上娘子との贈答歌。	玉藻靡かし（たまもなびかし） ほとほと	玉槻 狭野茅上娘子

巻	歌番号・歌数	内容	本書掲載の歌	作者
16	三七八六～三八八九 長八、旋三、仏一、短九二	伝説歌、戯笑歌などから構成されている。	鯨魚取り（いさなとり）	作者未詳
17	三八九〇～四〇三一 長一四、旋一、短一一七	これより四巻は大伴家持の歌日記と言われている。年月の順。		
18	四〇三二～四一三八 長一〇、短九七	大伴家持の歌が多く、越中に在任中の歌も多い。	めづらし つるはみ（橡）	久米広縄 大伴家持
19	四一三九～四二九二 長二三、短一三一	孝謙天皇時代の歌。全体の三分の二を大伴家持の歌が占めている。	紅にほふ（くれないにおう） 消残る（けのこる）	大伴家持 大伴家持
20	四二九三～四五一六 長六、短二一八	防人の歌が多く載せられている。	母とふ花（ははとふはな） 吉事（よごと）	丈部真麻呂 大伴家持

長＝長歌　旋＝旋頭歌（五七七五七七）　仏＝仏足石歌（五七五七七七）　短＝短歌（五七五七七）

山上憶良の有名な秋の七草（種）の歌は旋頭歌です。

萩の花尾花葛花なでしこの花　をみなへしまた藤袴朝顔の花　○八／一五三八

「万葉ことば巡り」年表

西暦	元号	天皇	主な出来事		本書での歌	作者／関係者
645	大化1	皇極・孝徳	大化の改新			
650	白雉1	孝徳				
655	■	斉明（重祚）※				
658	■	斉明（重祚）			真幸く	有馬皇子
660	■	斉明（重祚）		柿本人麻呂		
661	■	称制※※		山上憶良		
663	■	称制	白村江の戦			
665	■	称制		大伴旅人		
668	■	天智				
672	■	天智・弘文	壬申の乱			
673	■	天武				
678	■	天武			立ちよそひたる	高市皇子
679	■	天武	吉野の盟約			
684	■	天武	八色の姓制定			
686	朱鳥	天武	天武天皇崩御			

689	■		草壁皇子薨去	山辺赤人？		
690	■	持統	持統天皇即位		暁露	大伯皇女・大津皇子
694	■	持統	藤原宮遷都		采女	志貴皇子
697	■	文武				
701	大宝1	文武	大宝律令		つらつら椿	
707	慶雲4	元明				
708	和銅1	元明	和銅開珎鋳造			
710	和銅3	元明	平城京遷都			
712	和銅5	元明	『古事記』			
715	霊亀1	元正				
718	養老2	元正		大伴家持		
720	養老4	元正	『日本書紀』	柿本人麻呂		
723	養老7	元正	三世一身法			
724	神亀1	聖武				
729	天平1	聖武	長屋王の変			長屋王
					言とはぬ	大伴旅人
730	天平2	聖武			恋忘貝	坂上郎女
					年深み？	山辺赤人

731	天平3	聖武		大伴旅人		
733	天平5	聖武		山上憶良		
734	天平6	聖武			黄土	
736	天平8	聖武	第二〇回遣新羅使	山辺赤人	玉藻靡かし	玉槻
737	天平9	聖武	藤原四兄弟死去			
738	天平10	聖武	橘諸兄右大臣			
739	天平11	聖武			かけまくも	石上乙麻呂
					八衢	豊嶋采女
740	天平12	聖武			ほとほと	狭野茅上娘子
741	天平13	聖武	国分寺建立の詔			
746	天平18	聖武		大伴家持越中守に任命		
748	天平20	聖武			めづらし	久米広縄
749	天平感宝1	孝謙			つるはみ	大伴家持
750	天平勝宝2	孝謙			紅にほふ	大伴家持
					消残る	大伴家持
751	天平勝宝3	孝謙	『懐風藻』	大伴家持越中守退任		
752	天平勝宝4	孝謙	東大寺の大仏開眼供養			
753	天平勝宝5	孝謙	鑑真来日			

755	天平勝宝7	孝謙			母とふ花	防人・大伴家持
756	天平勝宝8	孝謙	聖武天皇崩御			
757	天平勝宝9	孝謙	橘奈良麻呂の変			
758	天平宝字2	孝謙・淳仁		大伴家持因幡守に任命		
759	天平宝字3	淳仁			吉事	大伴家持
762	天平宝字6	淳仁		大伴家持因幡守退任		
764	天平宝字8	称徳（重祚）				
770	宝亀1	光仁※※※				
781	天応1	桓武				
784	延暦3	桓武	長岡京遷都			
785	延暦4	桓武		大伴家持		

■：元号なし。朱鳥《あけみとり》は一年のみで前後は元号なし
山辺赤人？、年深み？：年代特定できず
※重祚：一度退位した天皇が再び即位すること。皇極天皇（斉明天皇）と孝謙天皇（称徳天皇）
※※称制：天皇が死亡した後、次期天皇（皇太子等）が即位せずに政務を執ること
※※※光仁天皇：志貴皇子の第六皇子

引用ＵＲＬ

〈口絵〉

http://www.iz2.or.jp/fukushoku/f_disp.php?page_no=0000134

http://ksbookshelf.com/DW/Flower/FlowerAU.htm

http://stop-ouna.jugem.jp/?cid=8

http://www.manyoso.com/event/09manyo_rep.html

http://gagaku-asia.blog.jp/archives/52058141.html

http://photozou.jp/photo/show/234212/86060224

http://ameblo.jp/kimono-suki-2009/entry-11462714427.html

http://manyuraku.exblog.jp/232082232/

http://ameblo.jp/kimono-suki-2009/entry-11462714427.html

http://ameblo.jp/uhk81507/entry-10879385579.html

https://midaiminamikoen.com/plant/detail.php?plant_id=32

http://blogs.yahoo.co.jp/snooker_doherty/53763740.html

http://holidayforpans.hatenablog.com/entry/2014/04/23/212406

http://www.koshodo.jp/fs/ocha/f-25-s-A9-1

http://takano01.exblog.jp/1186848

〈本文〉

http://www.geocities.jp/astpa693/marifu02.html

http://blog.livedoor.jp/mhc0408/tag/ラプトル 50

著者／吾意在野　游（あいざいや　ゆう）

本名：高木紀世子（たかぎきせこ）
1948（昭和23年）年、兵庫県赤穂郡上郡町に生まれる。関西学院大学文学部史学科（ドイツ史専攻）卒。日本企業に就職後、ドイツ留学を決意。マンハイム大学1年半の留学から帰国後、ドイツ語を生かした仕事に就き、以後、ドイツ系企業に転職。1992年役員に就任し、最後の7年間は社長を務める。2009年3月末、ビジネスの一戦から退き、10月作家デビュー。現在は経営コンサルタントの傍ら、万葉集を楽しむ会、源氏物語游友の会を主催し、茶道、香道、着物の着付け、英語などを教えている。英語、ドイツ語を話し、外資系での経営経験者だが、現在はほとんど着物で過ごす。関西学院のスクールモットーである“Mastery for Service”を大切にしている。2013年4月より関西学院同窓会神奈川支部支部長。同大学卒の夫と横浜に住む。
著書：「魂を抱きしめて―桜子」（叢文社）「千日紅の咲きし宿の湯」（叢文社）

恋忘貝　万葉ことば巡り

発　行　二〇一五年一〇月二四日　第一刷
発　行　二〇一六年　七月二四日　第二刷

著　者　吾意在野　游
発行人　伊藤　太文
発行元　株式会社叢文社
東京都文京区関口一―四七―一二
〒一一二―〇〇一四
電話　〇三（三五一三）五二八五

印　刷　モリモト印刷

定価はカバーに表示してあります。
乱丁・落丁についてはお取り替え致します。

ISBN978-4-7947-0753-6

JASRAC　出 1512625-501